I0690749

Jacques Moscato

Castello

Du même auteur :

Les Oreilles de l'Amour
Roman
Éditions Baudelaire (2010)

Roberta
Roman
Éditions Au Pays Rêvé (2011)

Matarel, le gentil Dino
Conte pour enfants
Éditions UPblisher (2013)

L'Arche de Milàn
Roman
Éditions UPblisher (2014)

ISBN : 978-2-7599-0343-6
© Éditions UPblisher 2018
Crédit photos : couverture C. Vaillant

Dans un monde sans mélancolie
Les rossignols se mettraient à roter

CIORAN

I

Mon psy vient de me remettre un pli cacheté, reçu par exploit d'huissier. Un document aux rabats décatis. Même sa matière m'indispose. Il est épais, d'un jaunâtre rebutant. Le style calligraphique entrevu suggère l'emphase d'un temps inaccompli ; mais un raffinement sans ostentation. J'ai le réflexe de le porter à mes narines. D'emblée, j'identifie la fragrance d'une eau de Cologne désuète ; comme celle de la mallette en peau de notre vieille tante Francesca remisée au grenier. À la demande de mon père – alors en exil en France – sa sœur l'avait rejoint dans les années 50, peu de temps avant ma naissance. Bien plus tard, avant de regagner définitivement sa Toscane natale, Francesca m'avait fait promettre en confidence, de n'ouvrir cette mallette qu'en présence de mes frères après son décès. Giambà, le plus jeune de la fratrie, n'avait pas tardé à céder à la curiosité, aussitôt suivi par notre aîné Andrea, le plus réservé des trois. Quelle ne fut pas ma déception de découvrir par hasard le contenu de cette mallette éparpillé à même le sol ! Des lettres, des papiers administratifs, quelques carnets manuscrits truffés de chiffres, des coupures de presse, des documents timbrés ; et le tout en italien. Aucun intérêt pour mes frères. Andrea pratique encore un anglais technique – il travaille dans l'aéronautique – qui, alors, ne lui aurait été d'aucun secours. Au Centre des Conférences Internationales, j'ai le bonheur de traduire chaque jour trois des langues étrangères les plus parlées en Europe, dont l'italien. Giambà se plaisait à me taquiner en imitant mes traductions simultanées. C'était son unique rapport aux langues vivantes, lui qui se destinait à un emploi administratif à la Mairie de Paris et qui rejoignit bien trop vite le paradis des motards trop pressés. Il s'apprêtait à rallier ses copains syndicalistes, motorisés comme lui, au sein d'une communauté jadis prospère, généreuse. Une communauté qui m'a tout pris, enfin presque tout, qui m'a meurtri à jamais.

En observant le petit envoi altéré, je déchiffre sur l'avers le nom et l'adresse de l'expéditeur, un avocat transalpin de la branche familiale italienne. Dans sa petite commune proche de Sienne, son étude fait également office de cabinet notarial pour le district. À la suite d'un changement d'adresse non signalé, le document jauni a transité par l'Ambassade parisienne de la rue de Varenne. En haut lieu, on se souvient de notre patronyme. Mon père et mon oncle, les fameux jumeaux De Laurenti, avaient été dénoncés pour avoir soutenu des proches du pouvoir fasciste au début des sombres années 40.

— Ma correspondance aurait trouvé son destinataire jusqu'au fin fond de n'importe quelle contrée ! se flatta notre avocat-notaire, joint au téléphone le jour même. S'agissant des dernières volontés de ma pauvre tante – elle avait imaginé de me faire parvenir cette enveloppe étrange par envoi différé – ma présence est requise dans le meilleur délai, étant le seul attributaire désigné. Andrea, mon aîné taciturne, prétend qu'il n'y rien à attendre de ce côté, sinon de probables passifs liés aux antécédents d'une famille irréconciliable. Inutile d'évoquer l'affection singulière de ma tante, ses élans, sa tendresse maternelle à mon égard. Il ne l'a jamais compris ni admis ; comme la mémoire de nos racines italiennes mêlées à la tragique histoire de l'immédiat après-guerre.

J'arrive le surlendemain à l'étude de l'avocat italien, maître Criscolli. Il connaissait la fameuse enveloppe délavée pour l'avoir lui-même complétée avant le décès de ma tante. Un pli au contenu modeste ; un billet à l'encre mauve, aux lettres tremblotantes, me désignant affectueusement comme son légataire unique, ainsi que des photos anciennes en noir et blanc de quelques proches, dans la cour d'un domaine agricole qui m'est inconnu. Après les civilités d'usage et de vagues indications topographiques sur une localité voisine où nous sommes attendus pour passer la nuit, nous prenons la route en direction de Volterra, à une petite heure de trajet. Notre véhicule aborde enfin un site haut perché, dominant une succession de vallons et de collines aux brumes douces bleutées, en dégradé. Le chauffeur marque un arrêt, à la demande du 'Dottore, Cavaliere, Avvocato' – selon l'humeur déférente de ses interlocuteurs – devant une allée bordée de cyprès intimidants. Nous descendons du véhicule et marchons lentement en direction d'un édifice aux proportions monumentales, suivis à distance et en silence par notre voiture, selon la consigne du 'Dottore' à son chauffeur.

— Et voici le fameux *Castello*[1] ! lance-t-il, immobile, en scandant de sa voix timbrée les trois syllabes Cas – tel – lo. J'observe sans émotion particulière une bâtisse centrale trapue, haute, aux fenêtres démesurées, flanquée de deux tours crénelées tout aussi massives. Un ensemble austère, en assez bon état apparent.

---

1. Château, *en italien*

9

— Cet ensemble exceptionnel et les 480 hectares qui l'entourent vous appartiennent un peu.

Mon silence le laisse indifférent. Je comprendrai bientôt les raisons de cette posture faussement détachée, en subissant une avalanche de présentations et l'énumération des innombrables fonctions d'un personnel « *agli ordini*[2] ! » ainsi martelé par mon "Cavaliere" cérémonieux. « Aux ordres ! » Mais sous les ordres de qui ? De l'un des nombreux régisseurs, dont celui de la résidence centrale, un homme bourru à la moustache fournie qui n'a de cesse de me toiser en nous escortant ? Du chef comptable malingre, impavide, aux lunettes rondes resserrées ? De la gouvernante aux allures de matrone, épiée tout au long des couloirs, des offices, des salons ou des chambres impeccables, par une douzaine d'employés de maison ? Chemin faisant, je prends la mesure des savoir-faire sans doute complexes des métayers en charge des différents domaines agraires ; des fonctions, des impératifs bien éloignés de mon ordinaire urbain. J'apprends à l'occasion que le Chianti produit par le *Castello* figure parmi les meilleures ventes vinicoles du pays à l'export. Plus avant, on passe en revue tous les services liés à la culture de la vigne, des oliviers, des vergers, des champs de lavande ; puis au service des ruches aux couleurs chamarrées, à celui dédié à l'entretien des matériels – l'exploitation gère son propre garage – à ceux des bâtiments, dont tous les corps de métiers sont représentés. Enfin, nous visitons la chapelle du domaine, dont les offices quotidiens réunissent « une bonne quarantaine de fidèles parmi les 56 employés à plein temps du domaine » aux dires du 'Dottore'. Je n'ose plus poser la question qui me taraude depuis le début de la visite des sites, dont certains tellement éloignés qu'il a fallu nous y rendre en 4x4. Comment imaginer qu'une

---

2. Aux ordres

seule personne puisse tout administrer ? Alors qui, pour régenter un tel domaine ?

— Mais la Charte, mon ami, la Charte ! ; la réponse sibylline à une question que mon précieux mentor a semblé entendre dès le surgissement de ce *Castello* si étrange à mes yeux ! Mais une vraie demande que je viens de bredouiller à voix haute, à ma courte honte. Nous rejoignons finalement le salon principal du rez-de-chaussée, toujours escortés par Antonio, le régisseur aux moustaches provocantes. À l'instar du discret chef comptable, je suis incapable de formuler quoi que ce soit. Près d'un couloir latéral, face à l'entrée centrale, la gouvernante ordonne du regard la présentation d'un chariot garni de petits gâteaux alléchants. Une jeune employée me tend une boisson brûlante que je dépose illico sur le plateau du guéridon le plus proche. Les regards réprobateurs en disent long sur la discipline interne. Je prends conscience du silence qui règne partout ; une sorte de léthargie ambiante, en présence d'un 'Avvocato' disert omnipotent, révéré et du nouveau... venu, tout à fait apathique. Mes regards fuyants trahissent un inconfort jamais éprouvé. Ils ne savent rien de moi et n'imaginent pas d'autre situation que celle exprimée à chaque rencontre par le 'Cavaliere'. Je suis bien le neveu de la pauvre *Zia*[3] Francesca ; mais pas tout à fait son héritier et cela me convient.

Depuis une bonne heure, maître Criscolli s'est lancé dans l'évocation du passé historique du *Castello*. Affamé, je ne résiste pas aux diverses pâtisseries rustiques de la maison ; les tartelettes aux citrons du verger finissent par me réconcilier avec moi-même. Enfin j'écoute, j'observe, en souriant aux personnes qui se pressent à mes côtés,

---

3. Tante, *en italien*

11

dont Antonio, à la moustache nettement plus fringante. Il a débouché un superbe *Castello* blanc millésimé d'une rare fraîcheur gourmande, fruité à souhait. À ma grande surprise, il se penche à mon oreille pour me suggérer l'appellation d'un domaine viticole français prestigieux auquel j'avais songé dès la première gorgée.

— Un vrai *Corton Charlemagne*[4] italien n'est-ce pas ? J'ai su à cet instant que tout irait bien entre nous ; et sa moustache, définitivement adoptée. Son accent toscan remarquable – j'ai passé de longs séjours à Florence lors de ma thèse sur la Renaissance italienne – me plonge dans un état émotionnel inhabituel ; un entrelacs hétérogène de représentations, de bribes idiomatiques et nombre de regards bienveillants semblables à ceux de mon voisin, ému lui aussi par la confidence éclairée de notre premier échange. Lorsque le 'Cavaliere-historien' toujours aussi prolixe aborde la période faste du *Castello* au 16e siècle, j'interviens sans hésiter pour évoquer, admiratif, l'un des encadrements Renaissance des fenêtres du château, repéré en arrivant ; le seul formé de dauphins, de feuilles d'acanthe, de raisins et de figures allégoriques soutenues par une corniche ; à son extrémité, un petit cupidon assis sur deux cartouches aux inscriptions dégradées ; un ensemble sculpté de teinte gris clair sur le fond rouge d'une façade quelque peu défraîchie, tout à fait emblématique de cette époque bénie. Dès lors, toutes les personnes présentes, le 'Dottore-narrateur' à leur tête, viennent à ma rencontre ; et chacun, à voix basse, d'y aller de son compliment. Les éloges tiennent surtout à la qualité de mon italien jugé sans faille par certains. Il m'apparaît superflu voire prétentieux d'évoquer la thèse artistique soutenue dans leur région, voici près de 25 ans. Après cette très

---

4. Un grand cru blanc de Bourgogne, très célèbre

opportune collation, je m'assoupis, aussitôt installé dans la vaste chambre bleue du premier étage. On dit qu'elle avait été aménagée pour recevoir François 1er lors de son retour dans la péninsule, bien après le désastre de Pavie[5], mais qu'il n'y serait jamais venu. En ce temps d'automne finissant aux soirées embrumées, la gouvernante a tout bien conçu ; du dosage de la température ambiante à la lumière tamisée des chevets, comme dans la salle de bain attenante, au discret parfum d'agrumes. Une musique synthétique mélodieuse résonne soudain autour de moi. Il s'agit du signal sonore d'un combiné téléphonique auto éclairé pendant son émission. Mon interlocuteur de notaire m'informe qu'il va être 21 heures et que nous allons bientôt souper. Je viens de dormir pendant plus d'une heure et demie. De retour au salon, maître Criscolli m'invite à le suivre à la salle à manger. Son pas est lent, quasi solennel. Je suis encore impressionné par le silence environnant et le faible niveau d'éclairage du couloir central. Arrivés devant une porte imposante à double battant, le notaire frappe à trois reprises de ses poings les deux panneaux qui s'ouvrent simultanément. Mon guide s'efface et me prie d'avancer, non sans avoir proclamé en latin « Accueillez le Maître de la Charte ! » Une assemblée essentiellement masculine d'une bonne quarantaine de convives attablés se dresse comme un seul homme, pour reprendre à l'unisson et à trois reprises « Honneur au Maître ! » Des frissons parcourent ma nuque jusqu'aux avant-bras. Maître Criscolli glisse son bras sous le mien pour m'aider à progresser en direction de la table centrale où deux augustes fauteuils nous sont présentés. J'observe mon guide pour éviter toute maladresse. Nous levons nos verres et après une première gorgée, il m'invite à prendre la parole en italien. J'évite ainsi une adresse en latin, mais

---

5. L'une des plus terribles défaites de François 1er en 1525

je dois me concentrer pour prévenir d'inévitables lieux communs. Après des remerciements sincères sûrement maladroits, je formule quelques réserves, ignorant tout des succès pérennes de ce vénérable *Castello*. Donc, aucune allusion aux vertus supposées d'une Charte toujours énigmatique pour moi ; une méconnaissance que les personnalités qui m'entourent n'ignorent pas. Je conclus vaguement sur la promesse d'efforts attentifs à leurs côtés, au gré des circonstances ou des attentes. Un ultime et vibrant « Honneur au Maître ! » qui, une nouvelle fois, me met mal à l'aise, ponctue mon modeste propos. Tout au long du souper, des insistances me gênent. Les références appuyées au passé finissent par provoquer chez moi une sorte de lassitude ; jusqu'aux animations organisées au centre de la salle. Des chants traditionnels, des jongleurs aux oriflammes séculaires, des jeux d'adresse associés aux travaux de la terre, des récits, des saynètes répétées dans un dialecte dont le sens m'échappe en partie. In fine, un inconfort qui doit moins à la lassitude qu'à l'inquiétude. Je tente une diversion en suggérant à mon 'Avvocato-conseil' de m'éclairer sur les projets d'avenir de l'institution. Ma question a fait mouche autant que sa réponse que je ne présageais nullement. « Pour avoir une prise sur le futur, il faut se souvenir du passé ; la mémoire nous rend vigilant alors que l'oubli peut engendrer la barbarie. Relisez Saint Augustin mon cher Paolo. L'esprit, c'est la mémoire, affirme-t-il justement. Il faut se souvenir de ses idées pour pouvoir les réaliser. Se souvenir des gens qu'on aime, de ses désirs, de ses rêves. Se souvenir de ce qu'on fait et de ce qui reste à faire. Voilà de quoi agir ! » Je ne m'attendais certes pas à un tel plaidoyer ; et moins encore à sa façon d'investir le futur par l'action. Bien sûr je lui en fais part, en pressentant pour la première fois l'importance stratégique de leur fameuse Charte. Je ne sais s'il a saisi mon intention, mais ici mon 'Dottore-philosophe' lève un premier voile sur l'esprit de ladite Charte « ... cet insigne code dont vous êtes aussi le garant » poursuit-il en confidence. J'apprends que les premiers textes du document fondateur ont prescrit, avant toute autre considération « ... *de favoriser la prospérité commune par l'entraide et le partage des fruits du travail* ». Le 'Cavaliere' persiste en évoquant l'inspiration formelle d'un syndicat agricole sicilien d'influence socialiste de la fin du 19e siècle « dont le symbole graphique agrémente la couverture de vos passeports français et que personne ne voudrait dénoncer je suppose ! » et de déplorer à la suite que ce glorieux et très explicite faisceau[6] ait été récupéré par l'Allemagne nazie, à l'un des moments les plus tragiques de l'histoire de l'humanité.

Cette allusion me perturbe. Elle me renvoie brutalement à mon adolescence, à la terrible année de mes 19 ans. Je n'écoute plus, ne vois plus ni ne réagis aux commentaires de mon autre voisin, un proche conseiller du président de la Région, transporté par les reparties en patois des comédiens qui virevoltent autour de nous. Cette année-là, peu avant la disparition tragique de mes parents dans un accident d'avion, j'avais surpris une conversation animée entre mon père et sa sœur, la Zia Francesca, au sujet du frère jumeau de mon père réfugié en Espagne. Ce docteur en médecine, spécialiste des articulations, avait soigné la fille d'un célèbre dignitaire italien, réfugiée elle aussi à Madrid au lendemain de la guerre. Il n'était pas question pour ce brillant médecin de rentrer au pays, malgré l'insistance des autorités après le vote des amnisties. Désireux de rejoindre une communauté de religieux

---

6. Du terme italien « Fascio » : un fagot de branchages, symbole de force à travers l'unité

dominicains et sur le point de prononcer ses vœux, il avait confirmé par écrit qu'il renonçait définitivement à ses droits en Italie au profit de mon père et de leur sœur. Ainsi, au décès de mes parents, ma tante était devenue l'unique héritière du domaine toscan, dont aucun de ses neveux ne connaissait précisément l'existence. La Zia parlait parfois de ses fermages et des affaires italiennes de la famille « ... toujours prospères et gérées à distance par un homme de loi irréprochable. » Après bien des conjectures et des soupçons envers les miens, je suis un peu rasséréné. La rente annuelle de mon père – il a toujours déclaré être rentier – celle tout aussi convenable de ma tante, viennent de recouvrer un statut et des origines plus honorables. Lorsque mon frère aîné s'est marié, il avait accepté de participer aux enquêtes préliminaires de la famille de sa future épouse. Andrea a épousé Amandine, la fille d'un rabbin influent, membre du consistoire de Paris, qui l'avait converti au judaïsme peu de temps avant leur mariage. S'il n'a jamais été prouvé l'implication des frères jumeaux De Laurenti dans des actes hautement répréhensibles, il leur avait été reproché d'avoir soutenu financièrement des petites cellules politiques locales proches du parti fasciste au sein des villages entourant le *Castello*. Par tradition, ils aidaient divers groupements associatifs dont les membres travaillaient au domaine ; une équipe de foot, des collectionneurs de mappemondes, des joueurs de boules, la fanfare locale et quelques autres. Au lendemain de la guerre, cet élan de générosité multiforme n'avait pas été retenu et leur avait valu une expulsion discrète vers la France et l'Espagne. Une situation embarrassante selon mon aîné Andrea, « qui ternit à jamais l'honneur de la famille. » À moins d'éléments nouveaux plus probants, je doute d'un changement d'opinion de sa part.

Le lendemain, peu avant de quitter le domaine, j'ai droit à la présentation du personnel affecté à la résidence principale. Antonio, intimidé, me tend un sac raffiné en tissu, imprimé aux armoiries du *Castello*. J'imagine aisément son contenu. Aux deux flacons du précieux nectar que nous avions si bien partagé, il a rajouté une petite fiole d'huile d'olive aux reflets jaunes et verts « ... de votre maison » me souffle-t-il. Deux des plus jeunes domestiques m'offrent des pochettes brodées d'écussons entrelacés, parfumées à la lavande. « Une autre production du *Castello* qui fournit de grandes maisons de parfum » précise encore Antonio en chuchotant. La cuisinière me remet un étui en osier joliment enrubanné, garni de petits pots de miel et autres confitures de « ma Maison ! » De part et d'autre de l'entrée principale, d'autres personnes me saluent de la tête sobrement. Seul maître Criscolli me raccompagne à la voiture en rappelant au chauffeur l'heure de mon avion. Une fois installé à l'arrière, je reçois des mains du notaire un superbe porte-documents en cuir fauve. « Une copie de la Charte, les comptes et bilans des trois précédents exercices et quelques notes personnelles. Bon voyage, cher Paolo et tous, nous vous disons à bientôt ! »

En vol, j'ai le sentiment de me réveiller, en surprenant l'hôtesse qui installe un plateau-repas sur ma tablette. Je devais bien dormir. À part la petite bouteille de Chianti et encore, rien ne m'inspire ; tout me semble fade. J'ai besoin de décanter. De dormir. Encore. Mon jeune voisin me réveille à son tour pour profiter, avec mon accord, de mon plateau-repas toujours intact. À quelques minutes de l'atterrissage, dans la grisaille ordinaire de l'automne francilien, la lumière des plafonniers inonde toute la cabine aux accents d'une musique conquérante. Je m'étire longuement. Je souris à l'hôtesse ; aux voisins de mon siège. Tout va pour le mieux. À moi tout seul, je viens de conquérir l'Italie. Et sans combattre ! J'ai une pensée amusée pour François 1er et pour tous les François devenus célèbres à leur corps défendant. Avant de débarquer, lorsque le pilote indique la température extérieure, je souris encore alors que tous enfilent des blousons rembourrés, des manteaux de laine avec force cache-nez. Mon jeune voisin rassasié me demande comment rallier un autre aéroport. Je lui réponds dans sa langue, en italien, non sans l'avoir félicité d'aller étudier à Londres – il est tout fier de me l'avoir dit – qui accueille bien des détresses idéologiques, dans un monde devenu mesquin. D'un naturel réservé, je me surprends à demander des précisions à mon hôtesse pour rejoindre le tapis roulant de nos bagages. Elle me prie de l'attendre et de la suivre. Oui, tout me sourit. Dans le taxi, je continue de converser avec Elena, mon hôtesse romaine que j'ai invitée chez moi, avant son retour à Rome le lendemain soir. L'argument le plus concluant a porté sur le choix dont elle déciderait, parmi les 2 chambres inoccupées, avec leurs propres salles de bains, dans mon appartement de la rue Bixio, entre l'École Militaire et le boulevard des Invalides. Sa localisation exacte au cœur du célèbre 7e arrondissement de la capitale, a dû jouer en sa faveur. À peine arrivés, après une brève visite des lieux, nous décidons de nous rafraîchir avant d'aller souper en ville. Elle a choisi la chambre de mon jeune frère Giambà, remplie des trophées de ses exploits motorisés, de quelques posters de rockers-bikers célèbres comme lui disparus. Sur chacun des chevets des différentes chambres, Elena n'a pas manqué d'observer une photo de mes chers parents, au pied de leur avion privé, bien avant le drame. Mon père présidait aux destinées d'un aéroclub réputé des Yvelines. C'était sa passion. Son unique occupation. Ma mère l'avait suivi. Jusqu'au bout. Lors d'un raid aérien en Espagne en direction des Açores, leur bimoteur s'était abîmé en mer, à jamais perdu.

Au cours de notre repas, Elena n'a pas insisté. Un sujet toujours aussi sensible après des années de fortunes diverses. J'ai simplement témoigné de leur l'amour, de leur disponibilité, de leur bonté naturelle ; celle précisément observée sur leurs traits par mon invitée, sur un nouveau cliché. Mes parents avaient profité de leur courte vie, sans outrance. Ils voyageaient beaucoup et souvent avec nous lors de congés scolaires. Ma mère, une latiniste émérite, s'intéressait aux études de chacun. Giambà, son rebelle attitré, avait eu du mal au collège. En cause, son manque récurrent d'ambition et ses fréquentations, jusqu'à la découverte d'une passion irrépressible pour la moto. Comme le pensait ma mère, je crois aussi que c'est à cause d'une belle américaine aux sonorités rauques, à la fois scintillante et excessivement pétaradante qu'il a obtenu son bac. « Ah ! Les mystères d'une belle Harley ! » s'émeut mon hôtesse, dont le mari, un médecin hospitalier, possède un rare spécimen des années 70. Une passion qu'elle se flatte de ne pas avoir éveillée chez leur fils unique, grand amateur d'escalade en montagne et de chevaux hennissants.

Le lendemain matin, tout est prêt dans la salle à manger pour accueillir mon invitée au petit-déjeuner. Comme souvent lors d'un déplacement, j'avais laissé des instructions à ma fidèle Maria, chargée de l'entretien de mon vaste appartement auquel je tiens tant. L'odeur du café diffuse partout ; un signal qui ne tarde pas à produire son effet. Elena apparaît dans un pyjama d'emprunt bien trop grand. Nous pouffons et Maria la première, venue nous proposer une corbeille de viennoiseries encore tièdes avant de s'éclipser. Elena s'étonne de la voir opérer seule dans ce logement imposant. J'ai aimé sa retenue pour l'exprimer. Je ne peux m'empêcher de songer à cette escouade d'employés au service de mon imposant *Castello* ; un sujet tabou encore trop perturbant. Il m'est agréable de la rassurer ; Maria peut engager du personnel supplémentaire lors des travaux de fond qu'elle juge nécessaires. Elena sourit ; une précision reçue comme une évidence. J'observe que le rabat de la petite poche de sa veste de pyjama, à hauteur du cœur, a été déplacé. En l'ajustant délicatement, je perçois la fermeté de son sein en même temps qu'un léger tremblement. J'allais m'en excuser lorsqu'elle pose sa main sur la mienne. Doucement. Nos silences ne nous gênent pas. Une autre évidence. Nous rejoignons enfin ma chambre. Sans aucune notion du temps, Elena cède à mes ardeurs et moi à tous ses élans. Nous n'en sommes pas surpris, ce qui finit par nous étonner. Lorsqu'en début d'après-midi, après la pause d'un déjeuner exotique livré à domicile, elle m'annonce qu'elle va devoir prendre congé, je lui propose de la raccompagner en taxi jusqu'à l'aéroport. Elle refuse, par égard pour le personnel naviguant qui pourrait la surprendre. Pourtant, son mari ne l'a jamais privée de fréquenter les personnes qu'elle estime vraiment ; et réciproquement précisa-t-elle, sans remettre en cause leur couple. En revanche, aucune question concernant ma vie privée. Par respect. Je lui ai révélé l'existence d'une âme sœur bienveillante à mes côtés, comme moi célibataire à vie. Adeline, mon amie, prétend que je suis l'homme de toute une existence. Depuis plus de dix ans, nous partageons nos plus belles sorties en cultivant le goût des plaisirs rares ; parfois jusqu'au bout du monde. Dans ma chambre, lorsque j'ai indiqué à Elena qu'Adeline m'avait vraiment tout appris, elle a en souri en se pelotonnant contre moi, confuse et ardente à la fois. Devant son taxi, ses lèvres se sont posées doucement sur les miennes. Interminablement. Elle a juste murmuré « J'aimerais te revoir. »

L'élégant cartable au cuir fauve du *Castello* est resté clos sur mon bureau. J'ai souvent tourné autour, sans anxiété. Je sais la fameuse Charte bien disposée. À mon humble niveau et après bien des supputations, elle devrait représenter une belle curiosité pour l'intellect selon ma compagne. Le domaine du *Castello* a toujours prospéré à mon insu ; et plutôt à son avantage, a-t-elle rajouté. Ma précieuse Adeline, en sa qualité de juriste patentée, saurait instruire la moindre requête en cas de doute. Je lui dois la compréhension des instruments et des arcanes de la Loi, dont les hommes de pouvoir abusent si souvent. Mais je lui dois bien plus. La perte de trois de mes êtres les plus chers avait provoqué chez moi un repli pathologique sévère. J'ai été hospitalisé à Sainte Anne, « chez les fous » comme disait le père d'Adeline, atteint de démence sénile. Andrea, mon aîné si distant, prenait parfois de mes nouvelles entre deux avions. Mais c'est elle seule qui m'a sorti de cet abîme sans fond. Pendant plus de deux années, lors des nombreuses visites hebdomadaires à son père, son engagement à mes côtés n'a pas failli. Comme je refusais les clameurs de la cité, Adeline m'informait au compte-gouttes des actualités les plus diverses ; elle m'apportait des tenues différentes pour m'habituer au changement, aux matières, aux nuances. Pour redonner vie à ma personne, c'est elle qui m'habillait avant la promenade. Adeline voulait que mon corps s'exprime avant que je le décide puisque 'l'autre' ne le voulait pas. Un jour, j'ai redécouvert ma ville en sa compagnie, depuis les berges de la Seine elle aussi écartée ; puis les couleurs d'une saison moins triste ; et la douceur oubliée des pétales aux solstices.

Adeline savait tout de ma formation universitaire. Après quelques stages pratiques, j'ai été admis à l'institut des interprètes. Depuis ma convalescence, je pratique à nouveau, à mon rythme, l'un des plus beaux métiers qui soit. Mais pour combien de temps ?

Fort heureusement, j'ai décidé de tout confier à ce journal, en suivant les dédales de mon esprit ; et le plus souvent, au grand dam de mon psy.

II

À mon retour d'Italie, Adeline n'a posé aucune question au sujet de mes rencontres. Lorsque j'en ai parlé, nous étions dans la cuisine ; elle épluchait des pommes de terre ratte, aux notes de noisette, comme à chacune de mes visites mensuelles lors d'une soirée chez elle. Sa purée onctueuse s'inspire de la fameuse recette du vénéré Robuchon. Une gourmandise qu'elle accommode avec une selle d'agneau en cocotte, recouverte par les herbes odorantes des abords de Sisteron, sa région d'origine. Elle a bien perçu mon trouble au lendemain de mes prouesses transalpines, sans se douter d'un rapprochement improvisé avec une autre femme. Cela ne s'était jamais produit. Les sujets relatifs au *Castello* ont tout emporté. Après les portraits de quelques affidés *agli ordini*[7] – si respectueux de leur engagement – croqués avec indulgence, j'ai longuement conclu par la personnalité de mon Dottore-Cavaliere de notaire ; un homme intègre, fier et déférent à mon endroit ; un personnage à l'autorité naturelle qui n'élève pas sa voix timbrée, sinon en s'esclaffant pour entraîner son auditoire. La moindre insistance s'exprime chez lui en séparant posément les syllabes des mots-clés du moment. Pour des motifs encore confus, Adeline a relevé elle aussi, sans invraisemblance, un ordre singulier autour de ce plaisant *Castello* ; et si sa Charte n'éclaire

---

7. Aux ordres, *en italien*

23

pas tout, elle a le mérite de l'efficacité sereine des régimes actifs bien gérés. Un constat pleinement partagé.

En dévoilant quelques péripéties de mon vol de retour, au sujet des manières prévenantes de l'hôtesse de l'air et de mon invitation spontanée pendant son escale parisienne, Adeline m'interrompt tout net. Et sourire en coin, « Vous avez baisé n'est-ce pas ? » Je réponds du bout des lèvres en acquiesçant. Elle ne peut retenir sa joie, en m'assurant qu'elle espérait ce déclic depuis mon autre renaissance. Elle insiste ; je ne dois plus être cet infirme fluctuant aux abords de son domaine intime, ce jardin propice aux fleuraisons. Je la rassure. Cela s'est fait naturellement, sans calcul ni remords d'aucune sorte. Elle m'en félicite d'autant que je me suis gardé de parler à Elena de mon noble *Castello*. Avec elle, j'étais en sympathie confiante. Adeline n'en revient toujours pas en réitérant que nul n'est comptable des désirs de l'autre. Elle caresse encore mes joues en scrutant mon regard égaré qu'elle appréhende souvent, avant de me serrer dans ses bras. Elle me trouve « sincère et beau ! » pour avoir exploré cette autre étape de ma reconstruction. Ce soir-là, nous n'avons pas baisé. Nous nous sommes aimés. Doucement.

Bien sûr, j'ai tenu à sa présence pour accompagner mon décryptage des vocables anciens, des notions et autres intentions de la vénérable Charte. Ce qui frappe d'emblée pour l'époque, c'est son esprit d'entreprise, conçu comme un socle pour sa croissance et son économie redistributive ; le fameux partage des fruits du travail. Aucune présence syndicale, mais une forte représentation des employés dans chaque domaine d'activité, chapeauté par un responsable hautement qualifié. Une organisation salariale aménagée, motivée par des rémunérations supérieures aux métiers du secteur, selon les notes du notaire. Comment ? Par l'exigence d'une qualité pour tous au meilleur prix, du paysan-producteur au consommateur. Un vrai sujet d'étonnement admiratif. Moins d'idéologie et plus de morale – celle des individus, la seule qui vaille – par le partage équitable des efforts et des bénéfices. Car ici, la prospérité du domaine dépend d'abord de ceux qui l'exploitent, selon les résolutions du tout premier propriétaire qui fit rédiger la Charte. En conséquence, il a légué la presque totalité de l'exploitation aux employés. Depuis l'origine, la gestion et son contrôle incombent à des notaires solidement implantés dans la région. Les propriétaires successifs – tous membres de la lignée des De Laurenti – perçoivent des revenus, mais pour une portion congrue calculée au prorata des salaires les plus bas, dans un rapport de 5 à 10, selon les caprices du temps. Pour Adeline – elle avait eu à juger le dépôt de bilan d'une entreprise rachetée par ses salariés près de Marseille – il s'agit d'un régime proche de la coopérative. Un volet important est consacré à la diversification des cultures et à l'expansion de la propriété, une part des profits lui étant affectée chaque année. Ce qui explique, après tant de décennies, la vaste étendue de ce *Castello* conquérant. Les 'Castello' comme s'interpellent la plupart de ses collaborateurs, savent qu'en étant admis à travailler pour le domaine, ce dernier leur appartient déjà un peu. La motivation de ceux qui persistent – tous n'ont pas le feu sacré de l'action – assure les succès pérennes de l'entreprise, sous l'œil critique et prévenant du moindre responsable, à maints égards concerné. Une gérance exigeante, selon un contrat social responsable qu'il faudrait apprécier in situ, comme le suggère maître Criscolli dans ses notes personnelles annexées aux bilans.

Peu de temps avant les fêtes de fin d'année, je reçois une invitation de sa part par l'entremise de mon psy. Pendant les congés du Nouvel An, à l'occasion de la promulgation des résultats de l'exercice précédent, les nouveaux ouvriers les plus méritants reçoivent un colis garni des produits du domaine ainsi qu'un certificat attestant d'une promotion. Tous les employés perçoivent une prime de participation aux résultats ; une prime égale pour tous à partir de la quatrième année de fonction. Enfin, un comité de surveillance et d'entraide, composé de personnels désignés par les chefs de services, est renouvelé tous les ans à l'issue de cette cérémonie. Ce comité propose et accompagne les actions de bienfaisance et de solidarité au bénéfice des 'Castello' en difficulté. Des dispositions surprenantes qui motivent ma réponse positive au notaire par retour de courrier. Si Adeline soutient ma décision, elle décline mon invitation. Ses impératifs du moment n'ont guère varié. Quelques bilans récurrents à la Cour des Comptes couvrent une part de sa charge ; mais pour rien au monde elle ne surseoirait aux retrouvailles avec son neveu et ses deux nièces du sud, invités chaque année à l'occasion des fêtes du Nouvel An parisien. Une constance pour son moral. Sa sœur cadette Angèle est la seule de la fratrie à avoir eu des enfants après bien des épreuves. Adeline, comme son autre sœur Mireille, n'a jamais pu procréer. À défaut d'élever des enfants, Adeline a dû materner ses parents très tôt. Bien trop tôt selon une proche amie gériatre. Atteints de dégénérescence précoce, tous deux étaient retombés en enfance jusqu'à l'hospitalisation inéluctable de son père. Des années durant, Adeline les avait assistés comme deux innocents déchus auxquels elle devait tout ; notamment sa position hiérarchique dans une activité professionnelle notoire. Ses chers parents avaient couronné leur carrière de magistrats en région parisienne, après une charge exaltante dans les territoires d'outremer.

J'ai choisi d'arriver à Florence par le train. Les wagons-lits de la célèbre compagnie éponyme se distinguent encore par un charme discret tout à fait convenable. Les éclairages adoucis, le bleu profond des voitures capitonnées toujours aussi imposantes, les manières stylées des employés du service, tout évoque la nostalgie d'un temps que ma mère prisait pour rejoindre mon père. La courtoisie sereine de leurs attentions me manque infiniment. En arpentant les couloirs, en m'attablant au wagon-restaurant, j'observe la tenue de mes voisins. Ici, pas de voix disgracieuses. Des sourires, des regards complices jusqu'aux portes des compartiments. Bientôt, ma couchette est rythmée par le cycle binaire des jointures du rail. Je ne vais plus méditer longtemps. Mes parents, toujours proches... Au loin, le regard attentif de ma douce Adeline... J'imagine Elena, en vol pour le très vulnérable Moyen-Orient selon un tout dernier message... Antonio, mon sympathique régisseur me sourit. Maître Criscolli aussi... Au petit matin, le contrôleur sonne à plusieurs reprises pour m'annoncer l'arrivée imminente en gare de Florence. J'aperçois Antonio sur le quai. C'est lui qui a insisté pour venir m'accueillir. Les nouvelles ne sont pas toutes réjouissantes. Au *Castello*, un drame a frappé la famille de l'un des gardiens de la propriété. Sandro, un 'Castello' parmi les employés assidus, dont l'épouse fait aussi office de gardienne, s'est tué à moto il y a peu. Il laisse une veuve dévastée par le chagrin et une enfant de douze ans qui refuse de s'exprimer depuis le drame. Le fameux comité d'entraide soutient la famille. Une psychologue est à pied d'œuvre deux fois par semaine auprès de la fillette, sans grand résultat.

Je propose d'adresser un message de condoléances à la famille. Antonio me conseille de me rendre auprès de la veuve et de sa fille Lisa. En me souvenant du poids des traditions et de l'accueil surprenant réservé au "Maître de la Charte" je saisis mieux les intentions de mon aimable guide. Chemin faisant, nous repérons une librairie spécialisée où je choisis quelques recueils de bandes dessinées en langue anglaise, dont un album de Tintin et un conte japonais illustré, tout en délicatesse. Antonio m'a informé des facilités de la petite Lisa pour l'anglais qu'elle étudie et apprécie depuis trois ans déjà. Avant de reprendre la route, nous avisons un fleuriste qui travaille souvent pour le *Castello*. Une couronne de roses rouges et blanches sera déposée le lendemain au cimetière. Elle porte le monogramme des De Laurenti. Un hommage qui fera date selon Antonio. À ma demande, pendant le trajet en voiture, Antonio détaille le déroulement de la cérémonie de clôture. Peu de discours, mais des actes et des vœux fervents pour le meilleur avenir possible des 'Castello' et pour celui de leur illustre domaine. Pendant qu'il énumère, justifie, appuie la moindre annonce, je prends une nouvelle fois la mesure de ma condition ; un simple relais dont le symbole transmis, voire exhibé me paraît illusoire. Nonobstant, j'ai le sentiment de participer à une aventure humaine aux ferments actifs. Mon brave Antonio s'évertue à répertorier la chronologie de mes contributions. Je participe effectivement au titre d'une représentation qui ne me convainc pas. Nous arrivons au *Castello* avant l'heure du déjeuner. Après avoir salué les personnes qui m'avaient accueilli ou que je reconnais, Antonio me conduit auprès de la jeune veuve Annamaria. Après un bon quart d'heure de route à travers les cultures vallonnées du domaine, nous nous garons devant une maisonnette aux pierres apparentes inégales, en partie cachée par les branches d'un vieux chêne. Un logis qui évoque les chaumières mystérieuses des lectures d'enfants et en particulier, celles inévitablement cachées au fond des bois. Alentour, un épais taillis. Plus loin, à la limite de la propriété, des parcelles denses de petits résineux où s'enfonce un étroit chemin de terre. Sur la gauche de la toiture, une petite colonne de fumée blanche et grise se répand mollement sur les faîtes d'un bosquet voisin. J'apprécie ce silence ambiant, les couleurs altérées de l'hiver et les vapeurs singulières d'un foyer qui s'essouffle. Je perçois un mouvement de rideau derrière la porte vitrée de la cuisine. Nous sommes attendus. Antonio me précède et avant que la porte fenêtre s'entrouvre, un autre mouvement de rideau à l'étage. Plus franc. Juste le temps d'entrevoir un visage d'enfant. Selon la coutume, nous allons nous asseoir pendant que notre hôte remplit les trois tasses d'un petit service à café. Antonio complète chaque tasse d'un trait de marc de raisin dont la bouteille côtoie la cafetière en hiver. Annamaria s'assied près de la cheminée. Son port de tête me fascine. La blancheur soyeuse de sa peau contraste avec la couleur sombre de ses cheveux remontés en chignon. Pendant qu'elle échange avec Antonio, je me remémore les portraits emblématiques de la Renaissance italienne. Bientôt, je finis par compléter ma galerie favorite par celui d'Annamaria, au profil si délicat. Elle porte autour du cou un cordon noir finement tressé qui soutient une petite croix en argent. La sobriété de l'ensemble, l'expression figée de son visage tendu vers la lumière du perron me déconcertent. Antonio l'a bien senti ; et non sans appuyer, « Le maître a apporté des livres illustrés en anglais pour Lisa. » Aussitôt j'invite chacun à m'appeler Paolo. Annamaria sollicite sa fille sans hausser la voix. Lisa ne tarde pas. Elle déboule au milieu de la pièce en cherchant les livres du regard. Je me lève et lui tends un petit paquet ficelé qu'elle présente à sa mère. Après avoir examiné la couverture des albums, Annamaria les rend à sa fille qui s'empare du conte japonais en feuilletant les premières illustrations. Elle butte sur des mots qu'elle désigne de l'index en me fixant. « *A green hat*[8]. » Après avoir lu à voix haute, en lui donnant la traduction, je lui propose mon aide pendant mon séjour au *Castello*, si elle le souhaite et si sa maman le permet. Elle se tourne vers sa mère qui d'un lent battement de cils approuve la proposition. Lisa me dévisage intensément. Je ne sais pas pourquoi il m'est si embarrassant de lui sourire. « Veux-tu que je vienne demain ? » Lisa hoche à peine la tête. Sur son visage, la même expression tendue que sa mère. Avant de nous retirer, Antonio propose de revenir vers quinze heures le lendemain. Lisa emporte ses nouveaux livres sans se retourner. Nous saluons sa maman à voix basse et l'assurons encore de notre affectueux soutien. En m'éloignant, j'éprouve un trouble inhabituel. Je dois me retourner pour l'observer une dernière fois. Sur le pas de sa porte, Annamaria m'adresse un signe discret de la main auquel j'essaie de répondre en inclinant la tête. Notre voiture s'éloigne. Enfin.

De retour au *Castello*, après un déjeuner des plus rustiques avec quelques responsables du domaine, nous passons au salon dans l'attente de maître Criscolli. J'écoute les échos bruyants des métayers les plus loquaces dont aucun ne sollicite mon regard. Et moins encore un avis. J'en profite subrepticement pour revisiter quelques chefs-d'œuvre du Quattrocento[9]. Les portraits de Masaccio, puis de Bellini, ceux du grand Mantegna et surtout de Botticelli envahissent mes pensées. À maintes reprises, je

---

8. Un chapeau vert, *en anglais*
9. Mille quattrocento : 1400, le 15e siècle italien

parviens à visualiser le portrait d'Annamaria à la manière de chacun des maîtres conviés ; avec les mêmes pigments, les mêmes contrastes de lumière. Peu à peu, je conçois des émotions comme celles éprouvées lors de la préparation ma thèse voici près de 25 ans ; avec des interrogations récurrentes.

Qui étaient ces personnages exemplaires dont la plupart nous sont inconnus ? Quels étaient leurs préoccupations, leurs attentes, leurs savoirs ? Si tous et toutes ne sont pas des canons de beauté, leur contenance austère ou la douceur diaphane de leurs attitudes avaient-elles suffi pour inspirer ces artistes prodigieux ? Un mouvement soudain dans l'assistance me prive d'une spéculation plus hardie. Maître Criscolli est annoncé. Son entrée magistrale en diagonale pour venir à ma rencontre me met mal à l'aise. Nous nous donnons l'accolade et poursuivons nos échanges avec quelques responsables au sujet de la cérémonie. Tout est bien en place, ce dont l'Avvocato-Cavaliere n'a jamais douté. Il a prévu de s'adresser à la veuve du regretté Sandro au nom de la collectivité. J'en profite pour l'aviser de mon projet en faveur de la fille d'Annamaria. Il est déjà informé de chacune de mes intentions. Antonio n'a rien omis. Il a certainement mentionné mon émotion. Maître Criscolli, dont une main soutient posément mon bras depuis son arrivée, m'assure de sa vive sympathie et m'encourage à aider cette famille « du mieux possible ! » Avant de rejoindre le lieu de la cérémonie en fin d'après-midi – le grand salon où j'avais reçu les honneurs lors de ma première visite – j'ai tout le temps de me reposer dans la fameuse chambre bleue qui m'est encore affectée. Mais pas question de m'assoupir. Je n'ai jamais eu l'occasion de présenter un livre à un enfant, fut-il écrit dans une autre langue. Lors de leur venue à

Paris pour les fêtes de fin d'année, les nièces d'Adeline me parlaient de leurs lectures. Au fil des échanges, j'ai appris à partager leur enthousiasme, leurs embarras, en tolérant non sans anicroche quelques provocations, au prétexte de futiles conflits idéologiques ou familiaux. Ici, le mutisme de Lisa me tracasse. Comment susciter un intérêt après chaque traduction ? Saurais-je formuler des demandes auxquelles elle n'aurait pas à répondre ? Pour favoriser nos rencontres, je dois émailler son chemin d'éclats de vie. De cela j'ai très envie. Mais pour saisir l'insondable fixité de son attention, devrais-je évoquer mes propres émois ? Mes parents m'ont tant donné ! Ce dont je suis sûr, c'est de comprendre sa souffrance et ses refus. Les miens n'ont que trop duré, comme le répète à l'envi ma chère Adeline, sans en ignorer les séquelles. La plaisante sonnerie du téléphone suivie d'un message prévenant de la gouvernante m'invite à partager d'autres émotions. Je suis attendu au salon par le notaire pour rejoindre la réception. Cette fois, pas de solennité grandiloquente. Nous accédons à une tribune encadrée par deux sapins géants scintillant de guirlandes garancées ; un ensemble imposant aux couleurs du pays. Au lendemain du jour de Noël, les enfants des *Castello* ont été fêtés dans cette salle ; mais ni Lisa ni sa mère n'étaient présentes, comme vient de le souligner Antonio. Maître Criscolli en personne s'est rendu à leur domicile. Si Lisa a profité de sa générosité, Annamaria n'a pas été négligée. Un pécule opportun a été transféré sur son compte, en accord avec les membres du comité d'entraide. Dans l'assistance, les récipiendaires occupent les premières rangées ; puis les chefs de services avant le rang des employés. J'aperçois Annamaria et Lisa, toutes deux vêtues de noir. Lisa m'observe intensément. Son expression me semble plus apaisée. Elle se rend compte que je la regarde et se rapproche de sa mère qui lui sourit tendrement. J'esquisse un sourire. Sûrement trop discret. Peut-être l'ont-elles perçu ?

De temps à autre, maître Criscolli m'invite à remettre une récompense. En écoutant ses compliments, il m'apparaît qu'il connaît tout son monde et même les familles de certains agents. J'aurai l'occasion d'évoquer avec lui cet état d'esprit favorable. J'y perçois un élan solidaire au profit d'une collectivité unie. Cela m'interpelle clairement. Les paroles sobres à l'adresse de la jeune veuve et de sa famille ont été reçues avec gratitude. Avant de s'en aller, Annamaria vient nous saluer en remerciant son Avvocato protecteur. Je me permets d'évoquer notre rendez-vous du lendemain qu'elle n'a pas oublié ; ni Lisa qui se presse doucement contre sa mère. Je lui souris. Enfin. Après la cérémonie, nous rejoignons une salle à manger de taille plus modeste. Seuls les chefs de service sont conviés à ce souper traditionnel, pour favoriser le renouveau du cycle écologique selon Antonio. Ici, plus question de doléances. Les mets locaux les plus typiques dont la fameuse *cipollata*[10] en entrée et les meilleurs vins du *Castello*, dont le fameux blanc de la 'réconciliation' agrémentent le festin. Avant chaque gorgée, Antonio lève discrètement son verre dans ma direction. À ma gauche, le Cavaliere ne dit pas un mot. Il sourit à tous et prête attention à chacun. J'attends l'inévitable brouhaha de la fin du repas, avant les chants traditionnels, pour lui tendre de nouvelles perches. Pour m'étonner encore de ce vent de "démocratie ambiante" qui préside à chaque décision. La question à peine posée, j'observe son regard acéré se fondre dans quelque obscur lointain. Il prend une respiration profonde, se penche à mon oreille, conservant les fixités de son regard, « Mon cher Paolo, je ne sache pas

---

10. Une soupe à l'oignon très doux avec croûtons et parmesan

que la démocratie crée des richesses... Un concept vieux de 25 siècles !... Platon ne s'est jamais enrichi. » Je tente de me dégager en douceur pour le surprendre sous un autre angle, mais il capte tellement mon attention sans me regarder ! « ... Vous avez certainement observé que cette "démocratie" que vous évoquez à nouveau, ne saurait être ici que représentative. De loin la plus raisonnable !... Chez nous, pas de promesses inconsidérées. Les responsables du domaine connaissent les contraintes et les règles dont aucun ne saurait s'affranchir... Que savons-nous de la doctrine prétendument démocratique des origines sinon qu'elle était aristocratique et censitaire... Seulement 10% des individus étaient considérés comme des citoyens pour participer au débat public. Les femmes et les étrangers, sans compter les esclaves en étaient exclus. Ah, la République... Quel chef-d'œuvre ! Platon, le premier, a dénoncé la corruption, la démagogie et le clientélisme d'un système dont tant de monde se réclame ! Ça devrait vous rappeler des choses, non ? Ici, on sait tout cela. Même et surtout ceux qui n'ont pas fait d'études... Une fois par trimestre, j'organise des veillées pour évoquer nos petites certitudes, nos actions et nos objectifs, en n'ignorant aucune des secousses du monde contemporain. Sans quoi, comment assumer nos missions si l'on refuse d'affronter une économie mondialisée ?... Le *Castello* produit. Il commerce et doit faire plus que d'offrir le vivre et parfois le couvert. Depuis l'origine, son organisation a retenu l'efficacité au profit de ses artisans. Et vous, cher Paolo, vous portez le nom de l'instigateur de ce système. Ne vous étonnez plus du respect que l'on porte à votre patronyme. Ici, il est tout pour chacun. Tout ! » En me dégageant un peu, je me rends compte que mon brave Antonio n'a pas perdu une bribe de l'intervention du 'Dottore-Cavaliere.' Il a rempli encore nos grands verres évasés et nous invite à trinquer alors que fusent les premiers chants populaires en patois. Est-ce l'effet de ce nectar doré, au bouquet minéral si proche de notre célèbre 'Charlemagne bourguignon' ou bien l'apport péremptoire de mon sémillant notaire, j'avoue ne plus être en mesure de questionner ou de raisonner. Mais ce *Castello* me plaît. Une seule certitude, ce soir j'ai beaucoup reçu sans avoir vraiment donné.

En arrivant devant la petite maison de mes contes d'enfants, j'aperçois Annamaria et sa fille côte à côte, derrière la vitre de la porte-fenêtre. Antonio ne m'a pas accompagné ; par délicatesse, j'imagine. Leur tenue vestimentaire identique me frappe. Elles portent un jean et un pull de couleur anthracite ; un ensemble de caractère à la fois sobre et gracieux. Annamaria a défait ses cheveux châtain foncé aux reflets légèrement auburn. Une nuance qui m'avait échappé. Lisa est coiffée comme un garçon ; et cela sied assurément à son allure. Ses cheveux sont d'un noir de jais assez brillant ; comme ceux son père dont j'ai vu la photo. J'ai droit au café d'accueil très serré, mais à ma demande, sans alcool. Annamaria fait de même pour elle, en souriant. Lisa sirote une citronnade du domaine pendant que sa mère me parle de cette région qui n'est pas la sienne. Elle est née en Sicile où elle a rencontré Sandro, alors en congé du côté de Catane. Je la laisse parler. J'aime son rythme lent, posé, aux accents fondus dans un registre grave, presque sans relief. Elle maîtrise sa pensée en évitant les souvenirs et les moments tragiques d'un passé bien présent. Annamaria m'avoue n'avoir pas fait d'études après le lycée et au *Castello*, elle a trouvé un lieu idéal pour accomplir son évolution et sa vie de femme ; dans une nature merveilleuse et un voisinage humain fort précieux dans l'adversité. De son côté, Lisa crayonne nerveusement. Soudain elle agrippe le bras de sa mère qu'elle se met à tirer par à-coups. Il est grand temps qu'on s'occupe d'elle ; nous l'admettons volontiers. J'en profite pour introduire l'importance des langues vivantes, en félicitant Lisa de son intérêt pour l'anglais. Une langue qui ne menace en rien les nôtres, au contraire de l'illettrisme et de l'ignorance ; une langue devenant universelle du fait de la mondialisation. Alors que Lisa n'a pas encore ouvert ses livres, je prends conscience de l'intérêt qu'elle porte ainsi que sa mère à mes propos. J'insiste. Pour Lisa et la jeunesse, j'y vois un atout linguistique semblable à celui du latin au Moyen Âge, pour faciliter la communication dans les milieux intellectuels. Je mentionne enfin une autre issue dans le domaine des sciences et celui des affaires, où la maîtrise de l'anglais est plus que nécessaire. Pendant mon court exposé, j'ai apprécié l'expression sereine d'Annamaria en évoquant la mondialisation ; un sujet qui avait été exploré par maître Criscolli lors des fameuses veillées. Bientôt je promets à Lisa de ne plus l'ennuyer et de m'intéresser très vite à la traduction de ses livres. La fillette s'empare d'un papier et d'un stylo, griffonne quelques mots qu'elle me tend fièrement. « J'ai tout compris moi aussi. » Je l'en félicite vivement en lui proposant de traduire aussitôt le livre de son choix. Sans hésiter, elle me tend le petit livre japonais aux dessins délicats. Annamaria s'éclipse discrètement. En sortant, elle a enfilé une veste en cuir mat, doublée d'une épaisse peau de mouton. De temps à autre, j'observe ses mouvements apaisés au couchant, pendant qu'elle range divers outils autour d'une haie fraîchement taillée. La traduction suit son cours sans que Lisa ne revienne sur la trame du récit. Elle me montre les termes ou les phrases que je dois répéter. Je finis par comprendre la raison de ses insistances. Certaines tournures aux sonorités chantantes retiennent son attention. Il me vient une idée. Pourquoi ne pas lui faire répéter certains termes ? Notamment ceux qui commencent par '*Th*' et qui nécessitent de placer la langue entre les dents. Je lui suggère de me le dire à l'oreille pour contrôler sa prononciation, puisqu'elle aime l'anglais. Je place mon oreille tout près de sa bouche et nous commençons par l'article *The*[11]. Lisa hésite interminablement ; puis je perçois un petit sifflement d'essai. « Oui ! Mais plus fort, en soufflant un peu en même temps. » Lisa se reprend et essaie une nouvelle fois. « C'est beaucoup mieux Lisa, beaucoup mieux !... Il ne manque qu'un peu plus de souffle, avant de retirer la langue. » J'approche mon oreille et j'attends. La fillette essaie encore mais toujours aussi discrètement. « Pas mal du tout. Essaie plus fort en envoyant plus d'air ! » La gamine prend sa respiration et se met à souffler de toutes ses forces, en postillonnant abondamment. Je feins la surprise en essuyant mon oreille non sans la frotter vigoureusement. Un temps interdite, Lisa écarquille les yeux et éclate de rire ! À tel point que sa mère, près de la porte d'entrée se précipite. Elle se fige en voyant sa fille rire aux larmes. Après une fraction de seconde d'observation, elles se jettent dans les bras l'une de l'autre. Annamaria ne peut retenir son émotion. Elle lui assure qu'elle l'aime comme jamais elle ne l'avait dit et qu'elle ferait tout pour son bonheur. Lisa vient de prononcer un mot. Le tout premier après le drame familial. En anglais ! Je me retrouve debout près de l'épaisse table de ferme. La tête baissée. Très ému moi aussi. Je me trouve maladroit, ne sachant quoi faire pour partager leur joie. Lisa et sa mère viennent vers moi. « Merci Paolo... Merci. » Annamaria prend ma main. Elle y dépose ses lèvres... Longtemps. Je me sens si gauche ! Je pose ma main sur la

---

11. Le, la, les, *en anglais*

tête de Lisa. « Tu es très courageuse tu sais ? Et très... très douée ! Veux-tu qu'on continue ? » Pendant plus d'une heure, nous avons poursuivi la lecture et la traduction entrecoupées de brèves répétitions. Bien sûr nous avons encore joué avec tous les vocables, fort nombreux en anglais, commençant par *Th*. Lisa est effectivement douée pour cette langue. Je le répète à sa mère en insistant pour que sa fille persévère sans temporiser. Pendant la pause du goûter, Annamaria nous sert une tisane de sa préparation, à base de verveine, de thym, de romarin et de sauge. Un mélange agreste très équilibré aux saveurs de la Toscane que j'aime. Ses petits gâteaux secs à l'orange « *della casa*[12] ! » nous régalent. Subitement, j'observe une expression inquiète sur son beau visage. Elle désire connaître la date de mon départ. Lisa se raidit aussitôt. Je n'ose pas leur dire que je dois rejoindre Paris après-demain. Je finis par céder. « ... Mais nous allons rester en contact si vous le voulez. » Je cherche désespérément une solution. « Nous pourrions nous parler souvent ! » Ni Annamaria ni sa fille ne saisissent l'allusion. Je montre à Lisa mon téléphone portable. Ses grands yeux sombres semblent scruter un espace infini qui m'est familier ; celui où personne n'accède. Celui que redoutait Adeline lorsque je m'éloignais d'un réel inconsistant, inutile ou supposé tel. J'explique à Lisa qu'avec l'accord de sa mère, demain je lui apporterai un téléphone portable. « À bientôt 13 ans, il me paraît utile, voire indispensable d'en posséder un ! » Elle se tourne vivement vers sa mère dont un lent battement de cils complice la rassure. En suivant mon regard, Annamaria a saisi le stratagème. Lisa sera tenue de s'exprimer plus souvent et bien sûr, régulièrement. Nous savons bien que si rien n'est encore acquis, il sera plus facile de la stimuler en échangeant.

---

12. Faits maison

Annamaria me propose de partager leur souper. Je regarde Lisa. Elle acquiesce en hochant la tête à maintes reprises. Je fronce un sourcil inquiet. Elle se précipite à mon oreille « Yesss ! » Je la reprends. « *Yes Paolo*[13] ! » Pendant le souper, Annamaria me parle de la scolarité de Lisa. Une élève brillante qui du jour au lendemain a perdu pied. Ses enseignants l'ont aidée en envoyant des comptes rendus, des corrections. Mais tous espèrent une reprise régulière dès janvier. Alors, je décide de parler à Lisa. J'évoque la mort accidentelle de mon cher frère cadet Giambà. Puis, laborieusement, j'aborde la perte si insupportable de mes deux parents dans un accident d'avion. Je ne cache rien de mon internement, de mon dégoût de la vie ; de mes angoisses aussi. Et sur le ton de l'excuse, j'avoue que depuis ces épreuves infinies, je n'arrive plus à pleurer. J'ai souvent le cœur gros. Très souvent même. Mais il m'est impossible de verser la moindre larme. Un lâcher-prise à devoir reconsidérer selon Adeline. J'invoque succinctement les soutiens dont j'ai bénéficié pour émerger, étudier, concourir, professer ! Jusqu'à cet appel fortuit de maître Criscolli au décès de ma tante ; et ma venue en Toscane. Enfin je parle de mon beau métier d'interprète et de toutes les raisons d'aider à mon tour « ... la très douée mademoiselle Lisa ! » dont je caresse la joue et qui n'a pas cessé de se blottir contre sa mère en m'écoutant. En me raccompagnant à ma voiture, Annamaria et Lisa m'ont embrassé.

Au *Castello*, mon arrivée tardive est saluée par tout le personnel. Antonio a été informé des premiers mots prononcés par la jeune Lisa. Nous nous retrouvons tous dans la grande cuisine du château. Antonio a débouché une

---

13. Oui Paolo

grappa[14] millésimée. À plusieurs reprises j'ai dû relater mes prétendus "exploits" comme ils disent. Beaucoup ont ri au sujet de la prononciation du *Th*. La gouvernante et les jeunes domestiques encore présentes aussi, le cœur vraiment serré.

---

14. Marc de raisin

III

J'atterris à Paris sous la neige. Adeline est venue m'attendre à Roissy, un épais manteau sous le bras. Elle se doutait que je n'avais pas prévu de vêtements assez chauds. Que ferais-je, que serais-je devenu sans elle ? Tous deux favorisons le compagnonnage par un partage du temps équilibré, par celui de nos goûts, de nos loisirs ; un engagement qui stimule la mobilité et toutes sortes d'attentions. Avec Adeline, j'ai appris la tendresse, mais aussi l'écoute. J'ai surtout tenté d'accorder mon temps au sien. Ainsi ai-je découvert la sensualité en nous déconnectant des réalités. Depuis le début, elle s'est efforcée de mobiliser mes sens atrophiés, tout en restant ouverte sur l'extérieur. Adeline a toujours aspiré à plus de liberté ; une autonomie devenue réciproque en valorisant chaque rencontre. Dans l'exercice de ma profession, elle continue de voir en moi un magicien. Des conférences à traduire en trois langues au gré des sollicitations, sur tous les sujets du moment, brouille son prodigieux entendement. La magie opère aussi dans l'autre sens. Lorsqu'elle épluche les comptes de campagne des candidats à une fonction élective, fût-ce pour la charge suprême, je l'admire d'une ferveur plus que républicaine. Un jour elle m'a dit « qu'on était faits l'un par l'autre » sans même recourir à la controverse. Cela s'est fait patiemment, en recherchant dans l'autre cette part de nous-même, comme le soutient mon charmant et patient thérapeute. Sans être le plus beau ni le meilleur des amants, je sais qu'Adeline respecte ma présence ; et mon engagement pour accéder à la moindre requête. Ainsi, ce soir-là, si tôt de retour chez elle en revenant de l'aéroport et sans temporiser « raconte-moi vite ton merveilleux *Castello* ! » Je n'ai eu que l'embarras du choix, en optant pour une chronologie factuelle. L'évocation de mon voyage dans le fameux Train Bleu tout d'abord ; et ma nostalgie des célèbres Wagons-lits chers à mes pauvres parents. Puis mon second séjour au *Castello*, assombri par le deuil accidentel de l'un des gardiens, dont la fille unique, Lisa, observe un mutisme inquiétant. Impossible de taire mon émoi en contemplant sa jolie maman, au portrait évoquant les chefs-d'œuvre de la Renaissance italienne. Je me suis attardé sur l'organisation du domaine et sa gestion réaliste non moins bienveillante. Les propos perspicaces et responsables de maître Criscolli ont été rapportés au mot près. En prenant congé, il m'a souhaité plein de joies et surtout beaucoup d'actions « qui seules ont prise sur le réel ! » Comment ne pas conclure par l'épisode de mes petits exploits lorsque Lisa "a bien voulu" recouvrer l'usage de la parole en prononçant un mot dans cette langue anglaise qui lui plaît tant. Le jour de mon départ, elle m'a gratifié d'un gracieux sourire en découvrant le téléphone portable promis, doté d'un forfait assez favorable. Nous avons convenu d'appels réguliers pour l'aider en anglais ; mais pas uniquement. Avant de nous séparer, j'ai su en l'embrassant qu'elle tiendrait parole, en recevant ses petits bras tremblants autour de mon cou. Je suis sûr que sa maman l'a perçu. Elle m'a serré contre elle de la même façon en me quittant.

Au lendemain de mon retour en France, j'ai décidé d'un premier appel à Lisa depuis mon bureau du C.C.I.[15] avant l'arrivée des délégations, lors d'une convention sur le réchauffement climatique ; un événement prévu de longue date. Ce samedi, en début d'après-midi, Lisa devrait se trouver chez elle. Au bout de la sixième sonnerie, quelqu'un finit par décrocher dont je ne connais pas la voix ; celle de Teresa, une amie de la ferme voisine venue apporter une volaille. Ses enfants ont invité Lisa pour une nouvelle collecte périodique des œufs. Bientôt c'est Annamaria qui répond toute essoufflée. Elle m'explique qu'elle a beaucoup couru en observant une agitation anormale chez son amie. « Bonjour... Je peux dire Paolo ? » Bien sûr je la mets à l'aise ; elle me parle aussitôt de Lisa. Son petit téléphone ne la quitte plus dans la maison. Je lui suggère de lui faire confiance en l'autorisant à l'emporter partout. Tout ce qui peut la valoriser, la rassurer doit être tenté. J'insiste. Lisa doit être réconfortée. Stimulée. J'observe quelques silences de sa part. Puis une respiration plus courte, une émotion mal contenue. Il est vrai que nous parlons surtout de sa fille. Je n'ai jamais dit à Annamaria que j'admirais son courage. Elle aussi a besoin de réconfort. Je me surprends à lui parler de sa jolie demeure, comme celles de mes lectures d'enfant ; de l'odeur apaisante des bûchettes qui grésillent dans l'âtre ; des fines vapeurs d'un ragoût qui mijote ; du sol irrégulier dans sa cuisine si claire ; de la quiétude colorée des rideaux en dentelle, aux derniers rayons ; et des contrastes de lumière qui bercent mon souvenir autour de son beau visage. Un sanglot plus appuyé de la jeune femme me fait réagir, « Mais je suis là aussi pour toi !... Annamaria, je ne t'oublie pas. » Elle se reprend à peine. Je la laisse respirer. J'entends qu'elle s'assied en heurtant sa chaise et je le mentionne

---

15. Centre des Conférences Internationales

en souriant. « Oui, je suis assise... ça va mieux... Lisa va rentrer. » Elle parle très lentement. Un nouveau silence. « ... Ce que tu m'as dit... c'est... c'est... » Elle se remet à sangloter. « Pleure Annamaria ! Oui, pleure. Moi je ne sais plus... Veux-tu que nous discutions un soir, toi et moi ? » Après un silence interminable, « Oui... Appelle-moi... » Je lui fais observer que nous nous tutoyons et que ce naturel doit toujours primer. Elle me rappelle – comment l'aurais-je oublié ! – que le tutoiement est synonyme de confiance dans son milieu ; et parfois de respect, ce que j'ignorais. « Attends Paolo... Voici Lisa. » Je patiente un peu « ... Bonjour Lisa ! *How are you today*[16] ?... » Pas de réponse. Je change de sujet pour qu'elle n'ait à répondre que par oui ou par non. Je lui demande en italien si elle passe une bonne journée. « ... Yes. » Je suis rassuré. Je l'informe d'un long échange avec sa mère et que nous avons décidé de nous parler aussi. « As-tu pu te servir de ton téléphone ? » Après un temps « ... *No.* » En accord avec sa maman, je l'informe qu'elle pourra l'emporter presque partout. « ... *Thank you* Paolo. » Mais j'ajoute qu'elle devra l'éteindre à l'entrée de l'école. « Yes. » Je m'engage à ce que nous trouvions autre chose à nous dire pour animer nos échanges et nous nous quittons sur un dernier souhait. Lors du prochain appel, c'est elle qui essaiera de me joindre, de préférence après 20 heures en semaine. Son dernier 'Yes' très volontaire, m'a fait sourire. J'ai senti beaucoup d'application ; et je lui en ai fait part avant de l'embrasser. Puis je salue Annamaria, en l'invitant à m'appeler quand elle le veut. Nous partageons un nouveau silence ; jusqu'à la reprise d'une respiration apaisée. « Je vous embrasse toutes les deux, chère Annamaria. » Un nouveau silence pesant. « ... Nous aussi Paolo, nous aussi. » En raccrochant, j'ai eu le sentiment

---

16. Comment vas-tu aujourd'hui ?

d'avoir desserré un étau ; que nos échanges en seront facilités et que Lisa et sa mère vont assumer leur douleur autrement. Je vais rejoindre ma cabine aux côtés de mes consœurs et confrères traducteurs. Oui, autrement.

En peu de temps, j'ai aménagé un programme pédagogique hebdomadaire des plus sérieux. Lisa doit apprendre des listes de mots par thèmes. Elle a toute latitude pour les choisir. J'ai pu échanger avec son professeur au sujet du programme de la classe. Sans hésiter, il m'a laissé carte blanche. Lisa m'a impressionné plus d'une fois. Sa mémoire lui permet d'aborder bien des sujets grâce à un vocabulaire plus précis, voire imagé. Bientôt, les tournures usuelles les plus récentes ont présenté un réel intérêt. Mais elle a la finesse d'esprit de ne pas en abuser pour épater ses camarades ou son professeur. L'apprentissage assidu de certains verbes irréguliers a fini par me convaincre. Lisa est une enfant courageuse très douée qu'il conviendrait d'orienter au collège vers des classes internationales. Pour exhorter sa mère, j'ai dû avouer des connaissances linguistiques sommaires au même âge, limitées au peu que m'enseignaient les miens lors de voyages à l'étranger.

Depuis mon retour, Annamaria ne m'a pas encore appelé. Il est vrai que je fais un point méthodique avec elle chaque semaine, après avoir conseillé et salué Lisa. Quelque temps après, j'ai su par Antonio qu'elle avait espacé ses visites au cimetière. Un soir, j'ai décidé de l'appeler. Ses préoccupations se focalisent sur la vie du domaine, sur sa Lisa adulée et sur ses programmes télévisés favoris. Je lui ai suggéré d'accéder à la bibliothèque du *Castello* où j'avais découvert d'authentiques merveilles. À ma grande surprise, elle a décliné ma proposition en opposant nos barrières culturelles ; et j'ai dû admettre, déconcerté, qu'il me faudrait accepter ce constat. Elle a encore persisté ; pour les employés du domaine, tout ce qui touche au service du *Castello* a valeur de priorité exclusive. Un credo lancinant. Le surlendemain c'est elle qui m'a rappelé. Après un bref échange à propos de Lisa, je lui ai demandé, avec d'infinies retenues, de me parler de son cher époux décédé ; hélas, un sujet trop souvent éludé par son entourage. Posément, elle a feuilleté un album de souvenirs toujours liés à la vie du domaine, avec ses fenaisons, ses mutations, ses blessures. Elle n'est pas revenue sur ce drame violent qui a creusé un sillon au coin des yeux. Je ne suis pas parvenu à cerner la personnalité de Sandro qui, *Castello* à part, aimait la vitesse et les jeux de hasard avec ses copains du village voisin où il est né. Leur mariage a été célébré au château, comme celui de quelques employés du domaine vivant en couple. Bientôt, ses spéculations sur le mariage m'ont déconcerté. Selon Annamaria, il s'agit d'une institution qui a toujours existé, ce dont je doute, après avoir traduit les débats houleux d'un colloque récent sur la filiation. Pour donner foi à ses dires elle va jusqu'à convoquer les devoirs du religieux, l'ordonnance des juges. Je l'ai écoutée sans objecter, en appréciant ses confessions intimes. Allait-elle s'obstiner ainsi jusqu'au relâchement qui parfois précède le doute ? Même pas. J'ai donc abordé quelques thèmes du fameux colloque, dont j'ai retenu qu'on ne connaissait qu'une seule société, celle des 'Na' en Chine, où le mariage n'existe pas. En évoquant les tout premiers millénaires, probablement sans mariages – un cas de plus en plus fréquent dans nos sociétés – le conférencier n'avait eu aucun mal à supposer avec d'autres, que le mariage n'existait pas contrairement à la filiation. Et de suggérer d'un ton espiègle, « ... Sinon, on ne serait pas là pour en parler ! » Depuis un moment, je sens qu'Annamaria m'écoute différemment. J'imagine déjà ses yeux rivés aux miens, son front enfin adouci. Je crois l'avoir soulagée au sujet des « brisures irrémédiables de son ex-famille. » Je n'ai pas eu à insister. Si on connaît de rares sociétés sans mariage, il n'en existe pas sans famille ; et malgré ses doutes, Annamaria constitue toujours une famille avec sa fille, comme cela est le cas des mères célibataires ou des couples mariés ou pas, hétérosexuels ou pas. Ce n'est donc pas le mariage qui crée la famille, mais bien la présence d'enfants. Et de conclure par un récent sondage, « La famille reste la plus prisée de nos institutions. » Après un silence démesuré « Dis-moi Paolo, à propos de ces merveilles dont tu parlais, dans la bibliothèque du *Castello*, de quoi s'agit-il ? » J'ai pris le temps d'une lente respiration. Annamaria venait d'exprimer une curiosité évidente. Normale, quoi. Je n'ai pas tardé à lui indiquer comment repérer les ouvrages de référence des plus grands chefs-d'œuvre de la Renaissance. « Mais... Pourquoi Paolo ? Pour faire quoi ? » « Mais pour côtoyer l'infiniment beau !... Et peut-être pour le partager avec ceux que tu aimes... Quand tu le souhaiteras, fais-moi part de ton intérêt, de tes avis. Simplement. »

À l'approche des congés de Pâques, je reçois un nouvel appel de Lisa, toujours après 20 heures, comme convenu entre nous. Elle m'informe de l'organisation d'un voyage linguistique à Londres par son prof d'anglais, pendant les congés scolaires d'avril. Bien sûr elle fera partie du voyage grâce au soutien du comité d'entraide du *Castello*. Rien ne pouvait me toucher davantage. À cela près que pendant les congés de Pâques, maître Criscolli m'a invité à assister à une importante réunion des responsables du domaine. Il va être question de cultures "bio" et des transformations à devoir engager dans cette optique. Annamaria qui écoutait la conversation, intervient ex-abrupto sur le petit portable de Lisa pour me confirmer qu'on ne parle que de cela depuis quelques jours ainsi que de ma venue fort probable. Je lui suggère d'actionner le haut-parleur du mobile pour qu'elles entendent à deux confortablement. En effet, je confirme ma venue et j'apprends ainsi que nous pourrons nous rencontrer avec Lisa juste avant son départ pour Londres, à notre grande satisfaction. Le même soir, au-delà de 23 heures, Annamaria me rappelle. Elle me fait part de sa joie à l'idée de me revoir en espérant que j'accepterai de me rendre chez elle en l'absence de Lisa. Je ne vois aucune objection à son invitation. « Les barrières culturelles n'empêchent ni la sympathie et moins encore la courtoisie. » La jeune femme a saisi le ton de la boutade et regretté aussitôt son silence après sa découverte des chefs-d'œuvre dans la bibliothèque du *Castello*. « ... Je me sentais mal à l'aise. Qu'aurais-je pu rajouter à... C'est beau ! » Je la rassure « Mais rien de plus. Cela est bien suffisant si ces merveilles t'ont touchée. » Ce soir-là, elle avait envie de me parler de Sandro comme elle ne l'avait pas encore fait, en évoquant ses amis d'enfance, ses anciennes conquêtes au village, sa famille désunie aux quatre coins du monde. J'ai été très gêné lorsqu'elle a évoqué le physique de son pauvre mari ; ses mains larges aux veines puissantes ; son dos athlétique élancé ; son cou aux muscles fermes, sa bouche un peu charnue, volontaire, sa voix claire et ses longs cheveux ondulés. J'ai aussitôt évoqué la statuaire de Michel-Ange qu'elle avait pu apprécier il y a peu, dont le célèbre David si harmonieux. Mais la comparaison ne lui a pas convenu du tout, à l'exception du haut du buste peut-être, parfaitement observé à la bibliothèque. Une allusion malencontreuse bien involontaire. Je l'ai invitée à me parler de sa jeunesse sicilienne bien à elle, dont elle n'a livré que quelques bribes ; des parents aimants, dans une famille de cultivateurs ; deux frères aînés militaires de carrière dans la région la plus septentrionale du Frioul ; un premier petit ami, fonctionnaire de mairie à l'état civil, jusqu'à l'arrivée de Sandro qui est venu la "délivrer" par un beau soir d'été. Elle l'a suivi sans hésiter dans ce château de rêve dont elle espère tant pour sa fille et pour elle. Pour Sandro, il restera dans son cœur comme la plus étrange parenthèse d'une courte vie. Elle se reprend aussitôt. Désormais, elle compte parmi les vraies 'Castello' comme tous les employés certifiés. Annamaria a pris conscience très tôt de l'altruisme ambiant et de l'appui des responsables du domaine. Mais il y a plus. La présence à ses côtés de l'héritier parcellaire du *Castello*, comme elle dit, est un don du ciel pour sa Lisa. De cela, elle sera comptable et redevable à jamais. J'ai encore dû l'inviter à relativiser. Le hasard, les contingences de la vie en ont décidé ainsi. Nous étions présents dans ces moments-là, tantôt subis, tantôt opportuns et n'avons nul besoin de louer la justice divine, ni de comptes à rendre pour les justifier ou en jouir pleinement. Un nouveau silence démesuré où seules subsistent des respirations perçues ; puis celles attendues. « Paolo... » « Oui Annamaria... » « ... Je suis bien. » « ... Je le sens aussi !... Il est très tard. Nous allons dormir un peu... Je t'appellerai bientôt. » Elle a répondu qu'il lui tardait de me revoir et qu'elle attendait mon prochain appel. Je n'ai pas trouvé aisément le sommeil. Cette belle jeune femme semble avoir recouvré un entrain. Une confiance. Un goût pour la vie ; pour Lisa mais pour elle aussi. J'ai le sentiment d'avoir participé à cet élan ; Lisa pourrait effectivement être la fille que je n'ai pas eue. Mais comment aurais-je pu fonder une famille après la perte si brutale des miens que je vénérais ? Je vis grâce à leur souvenir. Ma chère Adeline me questionne toujours à ce sujet contrairement à mon psy. Pour lui, seule compte la parole de l'instant pendant la consultation. Il se contente d'évoquer mon journal, en respectant mon ancrage parisien. J'ai beau lui dire que cela va mieux à-présent ; et que sans être un 'Castello', j'ai le sentiment d'être des leurs. Exception faite du patronyme qui m'éloigne de certains, je sens bien que cette terre, la leur, diffuse aussi en moi. Je suis sûr que maître Criscolli a saisi tout cela. Il le dit par écrit à longueur de lettres qu'il envoie à mon thérapeute, selon leurs accords à mon sujet.

J'y songeais encore, peu avant de l'apercevoir sur le quai de la gare de Florence. Il est escorté par ce cher Antonio, mon confident attitré, comme je l'ai assuré à mon Cavaliere de notaire, en les embrassant tous deux. Une certitude commune, le lendemain sera un grand jour pour l'avenir du Castello. J'apprends que ma présence a encore surpris au domaine. Elle souligne l'importance que j'accorde à son devenir à la veille de sa métamorphose. Chemin faisant, Antonio passe en revue le planning officiel du colloque en mentionnant les noms des intervenants ; quelques-uns des plus grands ingénieurs agronomes dont certains venus des quatre coins de l'Europe ; et tous ont confirmé leur venue. En arrivant au Castello, j'ai droit à l'accueil chaleureux du personnel de service. J'aperçois enfin Annamaria et Lisa qui se précipitent vers moi. Nous nous embrassons longuement. Lisa a passé ses petits bras autour de mon cou en souriant, « et... sans trembler ! » ajoute-t-elle en anglais. Je caresse délicatement ses beaux cheveux et la complimente pour sa jolie tenue. La mère et la fille portent un chemisier blanc cassé pour l'une et bleu nuit pour Annamaria, sur une jupe sombre du plus bel effet. Maître Criscolli m'informe discrètement qu'Annamaria sera assise à mes côtés pendant le souper. Je l'en remercie sans aucune gêne, contrairement à

Annamaria demeurée tout près de moi avec Lisa. Avant de passer à table, je demande à la fillette si elle pourra profiter de quelques interventions du lendemain. Elle ne sera présente qu'en matinée. Je lui promets que pendant la pause-déjeuner, j'irai assister au départ de sa classe en direction de l'aéroport. À l'évocation de sa destination finale, j'ai perçu un tel intérêt ! « Londres... C'est comme une récompense ! » m'a-t-elle confié. Je n'ai pas pu m'empêcher de l'embrasser. Mon cher notaire, lui, s'est réjoui de mon concours, en pensant aux diverses traductions du lendemain. Je lui assure que s'agissant de ma profession, je n'en tire aucune gloire. S'étonne-t-on des activités normales d'un professeur, d'un médecin, d'un entrepreneur, voire d'un brillant notaire ? Maître Criscolli reconnaît qu'il n'a jamais eu de grandes dispositions pour les langues étrangères et me reproche aimablement mon humilité. Il a fait louer par Antonio des casques individuels pour les traductions simultanées et un système audio ad hoc dans la grande salle des réceptions, avec une cabine isolée pour le traducteur, à l'arrière des participants pour éviter toute distraction. Pendant le repas, j'écoute avec attention les thèmes qu'aborderont les différents intervenants. Annamaria, à ma droite, dont c'est la première invitation formelle à la table des responsables du domaine, ne parle pas. Je sens qu'elle observe discrètement les moindres mouvements. Lisa, à sa droite, en fait autant en guettant sa mère. Le personnel de service ne manque pas de leur adresser des sourires aimables pour les mettre à l'aise. De temps à autre j'incline ma tête du côté de ma voisine. Subtilement. Je sens qu'Annamaria baisse les yeux en souriant ; et aussitôt nous prêtons attention aux différentes interventions. Certains responsables sont inquiets à l'idée des mutations envisagées. Maître Criscolli avait invité chacun à exprimer ses craintes, pour tenter in fine une synthèse la plus consensuelle. Tous ont pris conscience qu'il conviendra d'éliminer peu à peu les traitements chimiques, en valorisant le tournant bio du domaine, en proposant des journées d'accueil et des offres tous azimuts. Le *Castello* doit donner l'exemple. Cela sera porté à son crédit. Son statut, proche de celui des coopératives, permettra de mieux absorber les surcoûts. En observant la mine anxieuse de quelques métayers, je comprends que la partie n'est pas gagnée et qu'il faudra toute la science des ingénieurs européens pour lever les doutes. C'est précisément ce que vient de me souffler mon notaire. Je sens que nous allons de l'avant. J'insiste, « c'est le sens de l'histoire » ; pour maître Criscolli, un avis concordant, qu'il manifeste en serrant mon bras avec chaleur. Si je n'ai pas beaucoup échangé avec Annamaria, je sais qu'elle ne m'en tiendra pas rigueur. Quelques regards obliques vers Lisa et ceux tout aussi attentionnés pour sa jolie maman, n'ont pas manqué de la toucher. Vers la fin du repas elle a posé sa main sur mon bras ; et en se penchant à mon oreille, « ... Je suis bien ! » J'ai rapproché un instant mon bras pour que sa main reste plus longtemps près de moi. Et me penchant à mon tour, « Moi aussi... » avant de la libérer doucement. Nous passons tous au salon pour la dégustation du café et des alcools de la maison. Annamaria et Lisa vont rentrer directement chez elles. Lorsque je les ai raccompagnées à leur voiture, Lisa m'a donné la main et Annamaria le bras. Nous nous réjouissons de l'heureuse soirée commune en nous souhaitant une journée du lendemain aussi attrayante. Devant leur modeste Fiat blanche, Lisa enserre mon cou de ses petits bras fermes ; et de sa voix fluette, « je t'aime beaucoup. » Puis elle se précipite à l'arrière de sa voiture. Elle a lu sur mes lèvres « moi aussi ! » avant de se retourner pour dissimuler son émotion. Annamaria vient vers moi ; elle place ses mains sur mes épaules en scrutant mon visage de bas en haut ; et tout comme Lisa elle lance ses bras à mon cou. Je sens vibrer tout son corps. Je place mes mains sur ses hanches, puis au bas des reins ; je la serre contre moi peu à peu ; et puis si fort que je l'entends gémir doucement. Elle me regarde encore et dépose un baiser sur mes lèvres avant de s'éclipser. Je reste là, éberlué, en observant les feux arrière de sa jolie Fiat, là-bas, tout au bout de l'allée.

Après l'accueil des personnalités invitées, nous rejoignons nos places respectives. Maître Criscolli préside la table d'honneur, flanqué de deux ingénieurs agronomes de chaque côté ; aux extrémités, Antonio, devant une pile de documents, et la secrétaire de séance à l'autre bout. La presse spécialisée, bien représentée, occupe les premiers rangs du côté droit de la salle. Après un test satisfaisant pour régler le volume des casques audio, le Cavaliere-Dottore-Avvocato, pas peu fier, salue ma présence en cabine et lance les débats. Juste avant, j'ai échangé quelques signes chaleureux de la main avec Lisa et sa maman qui venaient d'arriver, toutes deux en baskets, jeans et tee-shirt, un pull jeté sur leurs épaules. Elles sont vraiment, oui vraiment, mon plus joli printemps ; et depuis si longtemps ! Je prends le temps de l'exprimer d'un pouce admiratif insistant. Installées tout près de ma cabine, un casque audio aux oreilles, elles m'ont souri, un rien impressionnées. L'introduction gutturale de l'intervenant allemand a surpris, en interrogeant d'emblée si l'on pouvait continuer longtemps à empoisonner les gens et à épuiser la terre. Puis, chiffres à l'appui il en a appelé à la raison pour commencer à cultiver les sols et à se nourrir autrement ; un combat d'avant-garde que les nations les plus éclairées doivent engager sans atermoyer. Son confrère belge a enfoncé le clou. S'il est établi que sans les pesticides, le monde aurait été dévasté par la famine dans les années 70, le prix est énorme à payer en choisissant l'homme contre la nature. Or, toutes les études montrent que de nos jours, on a les moyens de nourrir plus de 10 milliards d'individus, sans utiliser de telles techniques, en renonçant à la culture intensive et « en confiant aux paysans la propriété de leurs sols ! » À ces mots, tous les participants se sont levés pour applaudir. Lisa n'est pas en reste, comme sa maman qui me sourit gaîment. Cette disposition si particulière a fait la gloire du *Castello* depuis des décennies, comme l'a mentionné maître Criscolli, de sa voix claire haut perchée en direction des journalistes. L'ingénieur français a présenté des techniques les plus fiables pour cultiver sans dommage, en utilisant des graines non stériles de variétés endémiques ; et de citer les travaux d'un laboratoire du CNRS de Montpellier, à propos des rendements plus élevés de plantes différentes cultivées ensemble. Une polyculture qui favorise la productivité en période de pénurie d'eau ; les plantes n'ayant pas les mêmes racines n'exploitent pas l'eau et les nutriments à la même profondeur ; en raison du réchauffement climatique, une chance pour la biodiversité. Il a conclu sous les vivats, en affirmant que la diversité était préférable à l'unicité pour les espèces végétales, mais qu'elle l'était tout autant pour les humains ! Le technicien britannique a développé ce même argument en citant en exemple quelques rares nations ayant pris le tournant biologique les premières, parmi lesquelles l'Inde et le Costa-Rica. L'ingénieur italien s'est adressé aux représentants de la Presse ; il a exhorté les responsables politiques à anticiper une évolution inéluctable ; car telle sera la demande et pas seulement dans les quartiers huppés, mais pour tous, équitablement.

Maître Criscolli a clos les débats de la matinée en mentionnant des études récentes, qui toutes affichent la validité diététique et la viabilité économique de ces pratiques nouvelles « pour bâtir des modèles de vie en commun, respectueux de la nature et de l'être humain. »

La pause de midi a été organisée autour d'un généreux buffet avec diverses productions du *Castello* ; les plats chauds de la cuisine succédant aux entrées variées des produits les plus frais. C'est l'occasion pour chaque responsable d'échanger avec les ingénieurs. Je passe d'un petit groupe à l'autre pour faciliter les traductions et je me dépêche de m'éclipser pour saluer Lisa une dernière fois. Pour éviter tout retard, son professeur a demandé aux familles de ne pas se rendre à l'aéroport. Les parents doivent accompagner leurs enfants jusqu'au bus affrété par l'école. Lisa est restée près de moi. « ... Paolo, ce matin je n'ai pas tout compris ; mais je sens que c'est très important pour nous tous. Tu m'expliqueras ? » Je lui en fais la promesse avant de lui souhaiter un merveilleux voyage. Son prof m'a assuré qu'il veillerait tout particulièrement à son bien-être et à son confort linguistique en favorisant les rencontres avec des enfants du même âge. S'agissant d'un premier échange pédagogique, la petite école bilingue, dans le centre de *Notting Hill*[17], a été la première à souhaiter ce rapprochement. Les enfants sont très attendus. Annamaria avait beaucoup hésité à se séparer de sa fille. Je l'ai senti tellement soulagée en me voyant m'entretenir avec son professeur ! Lorsque le bus s'est éloigné, elle n'a pas pu retenir ses larmes. Lisa non plus.

Nous nous rapprochons des lieux du colloque où les débats reprendront cet après-midi. Annamaria m'y

---

17. Un quartier de l'ouest londonien

dépose et m'informe qu'elle doit rentrer chez elle. « Tu veux revenir un peu plus tard ? » « Non Paolo, là-bas c'est ta place... ton rôle aussi. J'ai quelques travaux qui m'attendent. Si tu veux, tu peux venir chez moi après... Enfin si tu peux... Tu comptes beaucoup pour eux !... » Mon absence de réaction a dû la surprendre. Mais c'est ainsi depuis mon hospitalisation et surtout depuis ma sortie. Bien souvent je ne réagis plus autrement qu'en observant d'abord les gestes qui façonnent ma vie. Je les reçois, je les partage et les apprécie. Mon Adeline m'a tellement aidé ! Il est vrai qu'on vient vers moi. J'aime qu'on me sollicite, mais je n'arrive pas anticiper ce pas. En quittant Annamaria, j'ai juste répondu que je viendrais. Je revois encore son expression égarée vers l'avant du pare-brise avant de redémarrer. Quand elle s'est tournée vers moi, elle a simplement refermé ses longs cils d'un lent battement ; comme pour accéder à une demande de sa Lisa chérie.

Le soir venu, j'ai indiqué à maître Criscolli que je ne souperais pas avec eux, mais avec Annamaria. Il m'a raccompagné jusqu'à la voiture mise à ma disposition. Ses premiers mots ont été pour le *Castello*, définitivement sur les bons rails. Il est revenu sur l'efficacité de mon engagement qui aurait facilité les choses. Je lui ai retourné des compliments tout aussi sincères. Ses élans lyriques, ses indications techniques très documentées ont séduit l'auditoire. La presse, les intervenants et les employés du domaine ont longuement applaudi son discours de clôture et moi le premier. Avant de quitter ma cabine, j'avais appelé Annamaria pour lui annoncer ma venue. Après un court instant, elle a juste murmuré « ... *Ti aspetto*[18]. »

---

18. Je t'attends, *en italien*

IV

« Tu sembles vidé, Paolo ! Comment s'est terminé le colloque ? » Je peux difficilement cacher ma lassitude à Annamaria, après ce marathon linguistique et le départ de Lisa. En arrivant chez elle, je me suis affalé sur le divan du rez-de-chaussée, face à la cheminée, la tête inclinée sur le dossier. Juste avant, j'ai bu deux grands verres d'une citronnade dont mon hôtesse a le secret. Elle laisse macérer son breuvage dans un mélange de fleurs de thym frais et de fleurs jaunes de fenouil séché, très abondant alentour. Un régénérant agissant selon son médecin, un vietnamien féru de médecine par les plantes, qui pratique au *Castello* depuis peu. Annamaria m'a accueilli très simplement. Son léger survêtement blanc lui sied à ravir. La veste, à peine échancrée, met en valeur une esthétique harmonieuse. Ses cheveux en queue de cheval, étirent leurs lignes espacées dans le prolongement des galbes du visage, pareillement à un portrait célèbre de Goya[19]. Je me suis gardé de toute réminiscence pour ne pas heurter nos références. Pendant que j'émerge en répondant à sa question, je la suis des yeux. Elle a déposé un petit flacon en verre sur le guéridon attenant, dont elle verse un peu du contenu sur ses doigts. Elle s'approche de moi, pose ses genoux sur le rebord du divan, entre mes jambes, bien face à moi. « Laisse-toi faire, je vais masser

---

19. Peintre et graveur espagnol (1746-1828)

tes tempes. Continue ! » Une légère odeur d'eucalyptus, de gingembre frais et d'amande douce vanillée envahit mes narines. Les mouvements délicats de son toucher m'empêchent de me concentrer. Je pose mes mains sur ses cuisses et la laisse opérer dans un silence paisible. Je tente de résister ; mes yeux se ferment. Longtemps. J'en profite pour mémoriser cette nouvelle sensation. Adeline pratiquait des massages sur mes épaules, à la base du cou ; et quelque fois sur les muscles des jambes après une randonnée en montagne. Lorsque j'entrouvre enfin les yeux, je surprends un sourire d'une telle quiétude ! Quand Annamaria se penche vers moi, j'entrevois ses jolis seins, libres de tout soutien. Elle continue son massage en fermant les yeux. Cette jeune femme est d'un naturel qui m'émeut vraiment. « Tu ne portes jamais de soutien-gorge ? » Elle ouvre les yeux, franchement amusée. Chez elle, elle n'en porte presque jamais. Je la complimente en appréciant la finesse de ses manières ; et ce, depuis le début de nos rencontres. J'évoque son port de tête lors de la première entrevue ; puis ses différentes coiffures et son goût très sûr pour la sobriété de ses tenues. Elle s'étonne de mes observations que personne n'a formulées de la sorte. J'ai donc décidé de lui dévoiler quelques rudiments de ma formation artistique. Lors de mes études sur la Renaissance, un professeur d'anatomie assistait notre professeur d'Histoire de l'Art. L'informatique aidant, il avait modélisé en trois dimensions les corps de certains sujets peints ou sculptés, en examinant les mesures anatomiques du moindre élément. Par rapport à l'axe médian, l'appréciation d'un bras, d'une jambe, une aisselle, d'un os du bassin ou d'un muscle, indépendamment de la position du modèle, fournit de précieuses indications sur la qualité de la composition.

Je précise encore une disposition singulière dans certaines œuvres et non des moindres ; la plus infime asymétrie constatée ici ou là chez un Botticelli, un Leonard, comme chez d'autres, confère à l'œuvre une dimension réaliste émouvante, infiniment plus belle. Annamaria m'écoute religieusement. De temps à autre, son front interroge. Parfois surprise, l'ouverture discrète de sa bouche dévoile une dentition frontale et latérale d'un parfait alignement. Alors qu'elle a cessé son massage, je continue de l'observer en parlant. Mes mains effleurent son cou et remontent vers le menton ; mes deux pouces s'en écartent jusqu'aux lobes des oreilles. Je laisse pénétrer mes doigts à la base de ses cheveux. Doucement. « Tu veux que je les libère ? » J'accepte sans hésiter. Je viens de saisir la fermeture éclair du haut du survêtement. Elle m'observe et d'un lent battement de cils elle m'invite à la faire coulisser. Après un temps, je la contemple aussi complètement que possible, sans morceler l'observation, pour la recevoir bientôt dans sa plénitude. Et dans un murmure, « Tu es vraiment très belle ! » Je perçois aussitôt une gêne. Ses joues se colorent ; et elle lance ses bras autour de mon cou. Je la berce tout doucement. « Paolo... Personne... Personne ne m'a jamais regardée comme toi. » Je lui retourne le compliment en justifiant mon émoi. « Je n'ai pas eu le loisir de contempler ainsi un être aussi gracieux ; un corps aussi naturellement beau. Par manque d'expérience ? Je ne saurais dire ; tu connais mes références. J'ai longuement étudié ce que des artistes de génie ont réalisé de plus abouti. Les deux ou trois personnes dont je suis le plus proche seraient les premières à l'admettre si elles te connaissaient. » Elle se redresse aussitôt, bien campée face à moi. « Comment peux-tu en être aussi persuadé ? Tu ne m'as jamais vue entièrement ! » J'approuve le bon sens de sa réflexion en me retranchant derrière un ensemble de perceptions. Sans hésiter un instant, elle retire la veste de son survêtement, puis le pantalon ; et en quelques secondes, elle se fige devant moi entièrement nue. J'ai aussitôt la gorge nouée. Le choc est tel que je vois défiler en mode accéléré les plus belles réalisations de mes artistes vénérés, toutes époques confondues, pour tenter de la situer parmi ces merveilles sculptées, peintes ou simplement croquées. Je suis incapable du moindre propos. Ma vue se voile. Elle l'a perçu en revenant vers moi dans sa pose initiale, ses deux genoux sur le rebord du canapé. Ses deux mains caressent mon front, mes joues. Elle approche son visage du mien, « Paolo... C'est toi qui es merveilleux de me voir ainsi... Tu es un amour tu sais ! » À ces mots je ferme les yeux ; je sens perler une petite larme sur ma joue. Annamaria me serre aussitôt dans ses bras et parsème mon visage de petits baisers. Je n'ose plus ouvrir les yeux. « Laisse-toi aller Paolo. Je suis là pour toi. Rien que pour toi. » Mon émotion est si forte que je l'étreins à mon tour secoué par d'irrépressibles sanglots. « Oh mon Paolo ! Oui, pleure ! » Je me suis souvenu des observations prônées par mes professeurs, toujours en quête de proportions remarquables ; au-dessus du nombril, jusqu'à la base de la poitrine et au-dessous, jusqu'au pubis, cette région en triangle dont la partie saillante, chez elle, est une ode sublime à Vénus. En remontant jusqu'aux plis de l'aine, il est aisé de percevoir l'équilibre des proportions ; et jusqu'à la partie pileuse quasi absente, à peine soulignée d'un petit trait vertical, au-dessus d'un petit sexe aux lobes discrets, à la peau délicate, comme un cœur à peine esquissé. Oui ! J'ai saisi cela d'un seul trait ; et cette beauté à nulle autre semblable si près de moi ! Rien que pour moi.

Qui sait combien de temps nous sommes restés enlacés, bercés des chuchotis les plus doux ; comme deux âmes égarées enfin réunies, par-delà le temps des horloges et celui des tempêtes.

Nous sommes « tombés en affection ». En rémission peut-être ? Annamaria savait l'essentiel de ma vie avant ma venue en Toscane, comme la plupart des *"Castello"* ; Antonio en avait convenu. J'étais ce « Maître de la Charte » fragile, respecté comme mes prédécesseurs. Au lendemain du décès de ma tante, peu avant ma venue, maître Criscolli les avait tous informés ; et j'avais fini par admettre un grand nombre d'attentions particulières dont j'étais l'objet.

« Annamaria, tu sens bon... Qu'est-ce que c'est ? » Elle observe ma bouche et lentement nos regards se rejoignent. « La Toscane... Ta Toscane, Paolo. » Ici, j'ai encore un peu de mal à déglutir. Ses lèvres effleurent mes joues, juste sous mes yeux. Je sens la douceur de son regard qu'elle pose partout sur moi... Et puis soudainement, « Paolo ! Tu sais ce qu'on va faire ? » Elle se redresse, se rhabille tout en souplesse, se hâte à nouveau sur ma bouche pour y déposer un baiser et s'active en direction des fourneaux. « ... Tu vas monter à l'étage, dans la salle de bain près de ma chambre. Prends un bain, une douche... comme tu as envie. Je finis de préparer notre souper. »

Dans cette pièce aux tons rustiques et chauds, les produits pour la douche aux fameuses notes toscanes, sont alignés sur un petit présentoir devant une ravissante baignoire ancienne. Sur chaque produit, le nom "TOSCANA" domine au centre d'une couronne fleurie, au-dessus des deux écussons du château entrelacés. Il s'agit de l'une des productions du *Castello*, présente dans les belles parfumeries. Antonio avait parlé d'un bouquet toscan typique, où dominent le myrte – la plante d'Aphrodite – le serpolet, la menthe poivrée et la marjolaine, mais également le jasmin rosé d'hiver et le lavandin. Le laboratoire du domaine élabore ses substrats dans le plus grand secret. Je me promets de le visiter avec Annamaria dès que possible. Les différentes fragrances évoquent l'élégance, la discrétion, la nature des paysages toscans aux brumes bleutées et une certaine tonicité ; l'équilibre dynamique d'un tout. Quand on a évoqué "ma Toscane" c'est tout cela que je retrouve dans mon bain, sur ma peau ou dans l'air ambiant, comme sur la peau d'Annamaria... qui s'impatiente « Paolo ? Où en es-tu ?... » Je me lève en sursaut maladroitement à la recherche une serviette éponge, « Annamaria, je ne trouve pas de serviette ! » J'entends qu'elle se précipite et se fige à l'entrée, un drap de bain à la main. Je me retrouve au centre de la pièce. Sans aucune gêne, nous nous sourions. Elle m'observe encore puis elle vient vers moi, « Je vais t'essuyer... Tu es très bien fait toi aussi ! Tu es mon David un brin cachotier... mais presque aussi beau partout ! » Je ne sais quoi répondre ; ma confusion l'amuse. Elle me tamponne doucement en baisotant les parties épongées. Tout est si naturel chez elle ! J'aime sa simplicité. Pour essuyer mes jambes, elle s'accroupit devant moi et frotte plus fort sur les mollets et les cuisses. Elle dépose un baiser sur mon pénis et me tend la serviette pour me laisser terminer. « ... Regarde dans l'armoire, il y a une robe de chambre en éponge si tu veux » et elle redescend pour servir le souper.

Annamaria ignore tant de choses du monde extérieur. Ses élans, sa compassion, son affection si tendre m'émeuvent autant que sa beauté. Je peux répondre à nombre de ses questions. Mais je n'ai aucune intention de m'imposer ; juste envie d'apprendre d'elle pour exister dans son monde, sans rien lui cacher du mien. Pour choisir ensemble peut-être et qui sait, pour décider un jour des angles de nos vies. De tout cela j'ai envie.

Alors que nous passions à table, le téléphone d'Annamaria s'est mis à vibrer. À la façon dont elle scrute mon regard, toute radieuse et se saisit de ma main, je comprends que Lisa est en ligne. « Oui ma chérie... Oui, tout va bien, Paolo soupe chez nous ce soir... Oui, rien qu'avec moi... Cela te fait plaisir, je sais. Et toi, raconte... Ah super !... » Annamaria n'a pas lâché ma main. De temps à autre, elle y dépose sa jolie bouche, tout en acquiesçant, en encourageant, en questionnant. Lisa est intarissable. Cela nous rend euphoriques. Elle est accueillie chez une aimable correspondante du nom d'Olivia, dont les parents architectes sont aux petits soins. « ... Oui ma chérie, moi aussi ! Je te passe Paolo... » « *Good evening miss Lisa*[20] *!...* » À la grande surprise d'Annamaria, notre échange se poursuit presque entièrement en anglais, avec une formulation certes élémentaire. Parfois, la maman d'Olivia complète ou corrige une expression en chuchotant. Un signal encourageant. Lisa est entourée. Considérée. Je le répète pour que sa maman soit pleinement rassurée. Avant de raccrocher, Lisa me fait une proposition, « ... Si tu veux... je te prête ma chambre. » Très touché, je l'en remercie non sans l'avoir encouragée à m'appeler quand elle le souhaite. À peine a-t-elle raccroché que sa mère fond en larmes. Je l'attire sur mes genoux, son front tout contre mon cou. « ... Annamaria... Là ! Tout va bien... Très bien, même ! »

Pendant le souper, elle désire connaître mes habitudes

---

20. Bonsoir mademoiselle Lisa, *en anglais*

de vie, avec des questions pertinentes sur mon métier, mes relations, ma famille, mes goûts et mes sorties. Elle a tout apprécié, y compris les recommandations de mon psy que j'adore. Peu de gens savent qu'il ressemble – c'est mon avis – à mon cher père disparu. Sans lui, Adeline n'aurait pas pu m'aider autant. C'est une longue histoire qu'il m'est pénible d'exprimer. Annamaria l'a bien compris. Mais il me suffit de plonger mon regard dans le sien pour me tranquilliser. L'effet est immédiat. Réconfortant et troublant. À mon tour de la solliciter. Comment fait-elle pour entretenir une aussi belle tonicité ? J'ai bien aimé sa réponse spontanée. « Une vie toute simple au contact de Dame Nature. » Le détail des moments de sa ruralité m'a permis de l'imaginer à travers champs, dans les bois attenants ou auprès des ruches ; ou encore de l'escorter dans l'immense vignoble, les vergers et les potagers, pour aider le domaine à franchir les saisons. « ... C'est du plaisir, Paolo. Tout cela me convient ; et comme tu sais, maître Criscolli nous a beaucoup soutenues Lisa et moi. C'est pour nous tous un maître à penser. Un vrai Cavaliere ! » J'en ai profité pour lui révéler qu'il m'avait demandé de les aider « ... du mieux possible ! » Elle a posé son regard sur ma main, puis sur mon visage, en refermant ses longs cils quelques instants. « Tu as fait bien plus Paolo. Ma petite Lisa m'est revenue... et de si loin ! J'ai eu peur... Oui, très peur ! » Je me suis souvenu de l'avoir déjà invitée à relativiser en toute circonstance. L'occasion m'est encore donnée de le lui rappeler en précisant ma pensée. « J'ai aidé Lisa... parce que j'ai appris à aimer la vie, après d'interminables hivers et mon éveil aux autres. Heureux ou malheureux, sage ou pas, je crois avoir compris que la vraie sagesse c'est l'amour de la vie ; une sagesse surprenante, pour nous qui ne sommes pas sages et qui savons l'accepter. Lisa est une enfant pleine de vie qui aspire à la sérénité ; et comme dans toute famille responsable, je sais maintenant que tu pourras la stimuler. » Annamaria n'a plus rien dit. Elle m'a écouté, son regard tantôt rivé au mien, tantôt déjoué par les flammèches altérées du fond de l'âtre.

J'ai eu tout le loisir d'observer les attitudes et les gestes d'Annamaria après notre souper. Elle m'a installé dans le canapé avant de nettoyer et de ranger sa cuisine. Je n'ai pas voulu regarder la télévision ; juste envie du murmure des bûches qui crépitent en se calcinant. J'apprécie leur senteur et la lumière tremblotante des projections attisées. En passant près de moi, Annamaria s'accroupit parfois et boit dans mon verre une petite gorgée du fameux vin blanc du *Castello* servi au souper. Il lui arrive de poser ses lèvres entre mes yeux au-dessus du nez, puis sur ma bouche qu'elle goutte doucement avant de s'éloigner. Lors du dernier passage, j'ai perçu un infime souffle sur l'oreille ; et dans un murmure de douceur « Je vais me doucher... *Amore, torno presto*[21] ! »

Dans cet ailleurs où s'égarent épisodiquement mes mémoires sensorielles, je ne parviens pas à me souvenir d'une situation aussi perturbante au contact d'un être humain. J'ai approché si peu de femmes il est vrai. Leurs attentions aimables, leur prévenance et même leurs pulsions se sont exprimées en accord avec mes désirs. Je n'ai eu à déplorer aucune déconvenue ni le moindre regret. Il y a eu tellement de respect ! Alors quoi ? Devrais-je considérer la possibilité d'un astre dans mon ciel si réservé, comme certains la survenue d'une île propice ? Avec des horizons à asservir et d'autres à refouler ? Ou plus simplement suis-je en train de regarder du côté de

---

21. Amour, je reviens vite, *en italien*

mon être, après un demi-siècle de tourments et d'illusions fortuites ? Ici, je me sens porté. Soulevé. Propulsé. Chéri ! Pour la première fois peut-être, j'ose à peine l'affirmer, je me sens aimé, non pour ce que je représente, mais pour ce que je suis, au cœur d'une terre ancestrale unique et généreuse au service d'autrui. Adeline serait la première à applaudir cette ardeur. Mon psy ne manquerait pas de répéter « Qu'ai-je toujours préconisé ? » lui qui espère toujours un engagement qui ne vient pas « ... pour une vraie vie sociale d'ordre privé, avec des surprises, des emmerdes et les joies les plus belles ! » comme il dit. Je ne sais ce que penserait Elena, mon hôtesse de l'air si avenante, en apprenant que j'aspire à d'autres bien-être, d'autres valeurs parmi mes racines en partie recouvrées. Mais là encore, l'intelligence du cœur prévaudrait. Quelle joie à l'idée de partager ce bonheur premier ! Avec le désir de protéger, d'admirer et d'aimer ; et peut-être d'entreprendre.

Même si j'apprécie les attentions d'Annamaria, je me sens toujours si gauche en retour ! Je sais bien qu'elle le perçoit. Mieux, elle s'en amuse avec tendresse. Librement. Autre certitude, nous aimons nous retrouver ; avec nos regards, nos mots à nous parfois chuchotés... J'en suis là de mes pensées, allongé sur le canapé, dans une semi-pénombre aux figures mouvantes, tournant le dos à l'escalier. Je ne l'ai pas entendue approcher. J'ai fleuré son odeur autour de mon front avant la caresse de ses lèvres. Elle a poursuivi en câlinant mon nez ; elle s'est posée juste au-dessous. À sa façon d'effleurer ma bouche, je prends conscience que nous sommes tête-bêche et qu'elle va poursuivre sa progression descendante en position inversée. Lorsqu'elle entrouvre mon peignoir, je sens qu'elle n'en porte pas. De sorte que lorsqu'Annamaria pose ses lèvres sur ma poitrine, la sienne caresse mon visage librement de droite à gauche. La fermeté de ses seins provoque chez moi une première émotion. Avant le souper j'avais pris le temps de les admirer, dans un ensemble à l'équilibre quasi parfait. Ici, lorsqu'un mamelon s'attarde sur mes lèvres avec un léger mouvement latéral, je n'ai qu'à jouer de ma langue pour en jouir selon sa fantaisie ; elle le retire ou l'introduit dans ma bouche avant de m'offrir l'autre sein. Elle pratique de même sur ma poitrine, en me mordillant parfois pour stimuler mes visées. Bientôt, nos petits geignements se rejoignent. Elle s'attarde longuement sur mon nombril avec la pointe de sa langue. J'essaie de répliquer en pressant son abdomen sur mes lèvres. Je la sens se figer avant de saisir mon pénis. Elle attend que son petit cœur de sexe si délicat disparaisse dans ma bouche pour me happer à son tour entièrement ; et aussitôt nous nous libérons en même temps. Sans retenue. Longtemps. J'en suis tellement surpris ! Pendant mon adolescence, j'avais découvert des magazines pour adultes que mon frère aîné cachait sous son lit. J'avais été déconcerté par cette disposition. Je n'imaginais pas cela réaliste et surtout sans grand intérêt. Plus tard, dans la bibliothèque de l'hôpital, j'ai découvert des vidéocassettes plus inspirées, que ma chère Adeline me procurait sous le manteau. « Pour me délivrer... me galvaniser ! » disait-elle, sur le conseil de mon psy. Soudainement, je prends conscience qu'Annamaria ne m'a toujours pas libéré. Elle me retient dans ses mains. Elle répète que je suis fort et très beau avant de me reprendre. À chaque mouvement de son corps qui ondule sur ma bouche, je continue de la recevoir. Un élixir surprenant me submerge, me transporte au bord d'une émotion infinie. Autre constat ahurissant, mon pénis est toujours en érection ! Alors, je l'invite à me rejoindre pour goûter à sa bouche, pour m'y perdre et que nos langues se confondent passionnément. Juste avant de m'embrasser, elle a évoqué non sans délectation « ... mon goût de noisette ! » ; et son bonheur de m'avoir si bien guidé. Je ne lui ai pas caché mon ivresse de l'avoir reçue ainsi ; l'instant d'après nos bouches ont fusionné. Ça n'est qu'au moment où je l'ai pénétrée qu'elle m'a dévisagé, surprise, la bouche ouverte, « Amour... Amour, qu'est-ce que tu me fais ? » Alors, je m'active obstinément, en martelant son bas-ventre dans une cadence exaltée. Et dans une série de râles, « Paolo... Paolo... attends ! » j'observe les mouvements désordonnés de sa tête agitée de droite à gauche. Puis elle se fige en me fixant intensément. Elle est livide. Je comprends qu'elle est au bord de la défaillance. Je cesse aussitôt. Puis je lui tends un verre d'eau. Elle pose sa tête sur ma poitrine. Et en tremblotant, « Qu'est-ce que tu me fais Paolo ? Dis !... » Je ne sais pas ce qu'elle veut entendre. Je me contente de caresser son dos, le bas de ses reins ; et ses fesses si gracieuses ! Elle gémit un peu. « ... Laisse ta main mon amour... Oui... Caresse-moi doucement... Comme tu as envie... Oui, comme ça... Paolo, j'ai encore envie de toi. » Elle s'allonge sur le ventre. Je la contemple encore. Elle est tellement belle ! « ...Viens amour ! Viens. » Cette fois, je m'efforce de prévenir toute ardeur. « ... Paolo je t'aime. Je t'aime... Je t'aime ! » En le répétant, elle soulève son bassin pour se retrouver à genoux. « Viens comme tu aimes !... Très fort Paolo. Très fort ! » Je reprends ma cadence initiale en tirant sur ses hanches. Une fois collé à elle, c'est moi qui ai hurlé comme un fou « je t'aime ! » Nous nous sommes abattus sur le lit et sommes restés plaqués ainsi une bonne partie de la nuit. De temps en autre, entre deux tremblements, juste des mots à nous à peine susurrés ; et malgré notre état, ni l'un ni l'autre n'a songé à sommeiller. Oui ! J'ai vraiment fait l'amour pour la première fois de ma petite vie ; et chose plus étonnante, sans l'avoir demandé, elle m'a assuré qu'elle aussi.

Nous avons pris un petit-déjeuner tardif des plus complets. Je ne suis pas prêt d'oublier la fraîcheur gustative des œufs à la coque de notre poulailler, la qualité du jambon cru 'maison', le lait doucement crémeux de la production locale et le café aux arômes si précieux de toute la péninsule. Auparavant, des jus de fruits composés par ma belle nous ont rafraîchis, apaisés, restructurés, tellement nous étions déshydratés, "cassés" pour reprendre une expression locale. Je ne parviens pas à détacher mon regard de ses yeux. Ils sont sur moi partout. Oui, ils sont à moi ! Je le lui ai dit, en déplorant aussitôt l'émotion provoquée. Elle sait que je vais bientôt regagner Paris. Ma visite périodique chez mon psy n'attend pas. Il est question de mes blocages, de mes traumatismes dont on ne parle pas au *Castello*. Si Annamaria s'abstient aussi, il lui suffit d'enjôler du regard la moindre ride importune pour plonger au plus profond de nos émois. Nul besoin de mots ; comme si des ondes souveraines accordaient nos pensées. J'ai peu évoqué les visites chez mon psy, sinon qu'Adeline m'y précède parfois, sans assister à la séance. Une fois encore, je devrai formuler, en détaillant chacune des ultimes péripéties confiées à mon journal. Mon "Très-estimé-professeur-en-psychiatrie" parle peu. Cela me perturbait au début. J'ai fini par interpréter son attention. Comment ferait-il pour produire une analyse exhaustive en aussi peu de mots ? Lorsque je le taquine, il sourit à peine et l'instant d'après, son regard se fige dans le bleu délavé de la tapisserie murale, choisie exprès « Pour mieux m'entendre » prétend-il. J'ai posément expliqué à Annamaria ce long processus qui m'a conduit vers elle. Elle a savouré chacune de nos découvertes sans rien exiger en retour. Elle sait que je suis disponible, attentif mais ouvert ; et que tous mes chemins mènent au *Castello*. Donc à elle. J'ai vraiment l'intention de tout rapporter puisqu'elle m'y a autorisé. Nous nous sommes aimés, libres et conscients, en scellant notre union dans un idéal naturel vraiment partagé.

De son côté, peu d'allusions à son couple défait. Elle a fini par admettre les sorties nocturnes quasi quotidiennes de son défunt mari, pour rejoindre d'anciennes relations au village natal. Certains usages originels des coutumes méridionales ont la vie dure. Notamment dans les bourgs où le silence prévaut encore en toute occurrence. Sandro était un père aimant et un amant « ... en abrégé ! » Je me suis abstenu de toute sollicitation sur le sujet.

Après notre petit-déjeuner réparateur, Annamaria m'a posé d'innombrables questions sur la sexualité masculine. Plutôt que de m'interroger sur ses motivations – mon psy y pourvoira peut-être – j'ai évoqué certains articles glanés dans mes lectures à la bibliothèque de Sainte Anne[22] sur les précieux conseils d'un médecin référent. Comme elle insistait, j'ai encore dû préciser que les besoins sexuels n'existent pas. Pour fonctionner, on a besoin de boire, manger ou dormir. Certains hommes peuvent rester des mois, voire des années sans faire l'amour. À part un possible sentiment de frustration, il ne se passera rien au plan physiologique, ni même au plan de la production spermatique. Elle a semblé encore plus perplexe en apprenant que la sexualité humaine n'est plus dirigée par les hormones contrairement à celle des autres mammifères. La fonction des phéromones chez le rat l'a fait rire aux éclats. Sans elles, pas d'érection, pas d'accouplement. Chez l'homme, les phéromones sont tellement atténuées

---

22. Un célèbre hôpital psychiatrique parisien

qu'elles sont pratiquement inexistantes. J'aime son sourire complice lorsque j'affirme qu'il est excité à la vue d'une femme qui lui plaît. Sur un ton plus sérieux, j'ajoute que seul le cortex décide, le désir provoquant alors le rapprochement. Une fois encore, j'observe sa façon de lire les mots sur mes lèvres. Puis, au ralenti, elle dirige son regard vers mes yeux. Alors elle plisse les siens en esquissant le plus doux des sourires, avant de retrouver le mouvement de mes lèvres. Je crois n'avoir jamais été entendu d'aussi près avec une telle acuité. Parfois, entre deux notions, elle place délicatement l'extrémité de ses doigts sur mes lèvres. Elle attend une caresse de ma langue avant d'en disposer. J'ai pris conscience du manque de spontanéité de mes explications en réponse à ses questions. J'aurais dû m'en tenir à l'essentiel de ce qui nous a si ardemment réunis. Je désire tellement accéder à son monde. À ses acquis. Sa fantaisie. J'aurai d'autres occasions pour répondre à ses attentes, après toutes ces années de déchiffrages multiples à Sainte Anne ; et plus tard, après tant de colloques, de conférences, sur tellement de sujets ! Je l'ai invitée à me parler des travaux agraires du mois de juin au *Castello* ; une période faste pour moi en matière de congés. « Tu aimerais vraiment venir avec nous pour désherber nos vignes et pour les effeuiller ? Tu pourrais nous rejoindre ? » Un simple hochement de tête a suffi pour déclencher une nouvelle émotion. Elle s'est précipitée sur ma chaise, à califourchon sur mes jambes. Son peignoir s'est ouvert ; et à nouveau son corps si parfait s'est plaqué contre ma poitrine. J'aime vraiment l'empreinte de ses lèvres sur mon cou. « Paolo, je suis si heureuse ! » Je l'ai invitée à organiser nos retrouvailles pour faire de ce mois-là, le nôtre à tous points de vue. Nous pourrions inviter la correspondante de Lisa ; avec ses parents s'ils le souhaitent. Ils pourraient nous aider à agrandir et à transformer la maison à mes frais, avec l'accord de notre Cavaliere de notaire. Annamaria s'est redressée. Elle ne s'attendait pas à autant de projets, autant de désirs. « Tu es fou mon Paolo ! Complètement fou. Tu te rends compte de ce que tu proposes ? » J'ai réussi à lui suggérer de ne pas évoquer ma folie en ces termes ; à quoi elle a tout de suite répliqué qu'elle voulait partager cette folie aussi, puisque de toutes les façons elle était folle de moi. « Amour, regarde-moi !... Je suis dingue de toi ! » Elle s'allonge sur l'immense table de ferme, en tendant ses bras pour que je la rejoigne. Après l'avoir longuement embrassée, nous avons encore fait l'amour ; et nous avons pleuré de joie.

« ... Le mois d'avril à Paris où tout renaît, c'est d'abord l'effervescence impatiente de son Quartier Latin. J'ai toujours aimé son désordre élégant. Les étudiants ont troqué leurs blousons trop pesants. Les plus audacieuses se jouent des derniers soubresauts d'un hiver chagrin. Leurs jupes colorées virevoltent au-dessus des genoux et les cache-nez, savamment allégés, interpellent les premiers rayons et les regards badins... »

Lorsque je suis de retour chez moi, après une certaine absence, je me précipite dans la chambre de mon frère cadet Giambà qui me manque cruellement. J'ai gardé tous ses textes ainsi que les rédactions qu'il remettait parfois à ses professeurs. Certaines portaient sur le cycle de la nature. Ses quatre saisons si intimes, je les relis au moins une fois par trimestre. Son mois d'avril me touche à plus d'un titre. Il célébrait son printemps tardif pour jouir des lueurs les plus douces de l'année. Nous partions tôt le matin en direction des quais. Je me contentais de le suivre et de l'observer. Il ne parlait guère. Les poings dans les poches, il observait la lumière des façades du boulevard Saint Michel qu'il comparaît souvent à celle des immeubles du bord de Seine. Toutes les nuances colorées du moment façonnaient son humeur. Certains bouquinistes le saluaient. D'autres lui suggéraient des lectures savantes auxquelles il ne comprenait rien, mais qu'il aimait soumettre à notre mère ou à l'un de ses professeurs de Lettres. Giambà était persuadé qu'il devait en passer par là pour éclairer son monde, alors que curieusement, il ne lisait presque pas. Ses écrits, comme autant de fulgurances, sont restés une énigme. Celle d'un 'in-fini' où je puise une obsédante énergie pour comprendre nos vies. Adeline semble plus réservée. Elle prétend que ce qui touche à mes chers disparus me prive en permanence de ressorts salutaires. Mon psy me laisse formuler à ma guise. Il m'écoute longuement et me renvoie à la séance d'après. Il joue la montre selon Adeline. Il faudra bien que je me lasse de ruminer, comme elle dit parfois en formulant des excuses. Alors qu'avec les miens, grâce à leur attachement, je me sens lié à un monde de valeurs éternelles ; un archétype d'amour vraiment protecteur dont mes écrits intimes portent le témoignage, en dépit des représentations les plus achevées.

Après une immersion complète en pays toscan, j'ai retrouvé un Paris nouveau et celui d'un mois d'avril tout aussi inédit, après ma Toscane si prodigue et aimante ; la terre d'une contrée accueillante où l'on m'attend. Adeline m'a observé à maintes reprises dans le taxi. Elle a relevé la façon dont mon corps a épousé le siège à l'arrière du véhicule ; puis ma façon de regarder le paysage et les mouvements environnants. Une sérénité certaine. Un calme intime, comme un sourire patient. « Et... comment s'appelle-t-elle ? » Adeline a bien identifié la nature de ce confort singulier. Je lui ai souri, confiant, rempli d'espoirs.

Après les premières confidences, elle a senti qu'une autre destinée prenait forme, loin des faveurs de l'enfance. Je commençais à aborder certains projets, lorsque j'ai été interrompu par les vibrations insistantes de mon téléphone mobile.

« Allo, monsieur De Laurenti ? Je suis la maman d'Olivia, la correspondante de Lisa à Londres. Lisa fait une crise d'appendicite aigüe. Je vais la faire hospitaliser cet après-midi au St. Mary's Hospital... C'est dans le quartier de Paddington. Sa mère m'a demandé de vous en informer. » J'en ai profité pour noter le numéro d'appel de ma correspondante, en lui assurant que j'allais la rappeler dès que possible. J'ai demandé au chauffeur du taxi de retourner à l'aéroport. Depuis son téléphone, Adeline m'a assisté pour obtenir une place coûte que coûte sur le vol de la British Airways de 16 heures. J'ai rappelé aussitôt la maman d'Olivia. Nous devons nous retrouver directement à l'hôpital vers 19h 30. Puis je serai reçu chez eux pendant mon séjour londonien. J'ai aussitôt appelé Annamaria. Lorsque je lui ai annoncé que je serais auprès de Lisa en fin d'après-midi, elle s'est littéralement effondrée.

Je lui ai simplement répété, « Annamaria, je t'aime. Tu as bien entendu ?... JE T'AIME ! »

V

« Comment va mon patient distingué ?... » Une formule récursive à l'humeur douteuse, selon le ton et la place du qualificatif dans la question. Il est vrai qu'à l'usage, un "patient distingué" ou un "distingué patient" n'exprime pas chez mon psy le même ordre d'empathie. Dès lors, mon « Bien ! » manifeste en retour une réplique plus ou moins fataliste. Une nouvelle fois, me voilà bien encombré. Comme à chaque séance, après avoir allongé mes jambes sur "le-long-fauteuil-aux-confidences" et incliné son dossier à ma guise, j'ouvre mon volumineux journal sur les genoux – un document aux collages divers avec force photos, des textes et des petites bandes dessinées originales – en classant maladroitement le courrier que mon thérapeute me remet à chaque séance. Initialement, ma tante avait chargé maître Criscolli de correspondre avec mon psy pour prendre discrètement de mes nouvelles. Selon ses dernières volontés, la Zia Francesca avait ordonné au notaire de toujours communiquer au sujet du domaine ; une information assidue pour apprécier la mise à jour des avancées, des deux côtés des Alpes. Il existe une clause suspensive à l'envoi de ces états, si je décidais de m'installer au *Castello* définitivement. Ma tante n'ignorait pas la fragilité de ma nature. Elle prétendait que des trois frères, c'est moi qui tenais le plus de mon pauvre papa. Je me souviens qu'en rentrant du collège, elle préparait la même collation pour nous deux à une nuance près, mon père préférant son thé vert plutôt tiède, sans lait et sans sucre. Ma dévouée maman l'aimait comme une sœur. Elles partageaient la moindre contrariété, les moments de félicité comme l'affligeant préjudice des drames. Mon psy que je révère a fini par supporter tout cela lui aussi ; et nos petites discordes n'ont jamais affecté la sincérité de ses soutiens.

Aussitôt installé, je l'observe en coin vers l'arrière, dans un angle assez large sur ma droite. « Et... comment s'en sort la petite Lisa en anglais ? » À chaque rencontre, j'ai toujours un temps d'avance sur ses informations. Cela me permet d'agrémenter mes indications autant que possible puisque je dois lui parler – et lui m'examiner – quoi que j'aie envie de révéler. Une liberté rédemptrice qui inspire bien des audaces. Oui, je lui dis tout. Enfin tout ce dont j'ai envie et que j'aime partager. De sa part, pas de jugement moral, pas d'opposition pour contester mes déclarations. Pour aller au bout du bout de ses attentes peut-être ou de mes folles illusions ? Que sait-il au juste de ma personnalité en constante évolution et de mes ressentis ? Il sait que je lis abondamment. J'aiguise ainsi mon sens critique pour piquer l'imaginaire ; cela aussi il l'a admis. La moindre information en provenance du *Castello*, chaque nouvel élément titille son attention. « Ah ! C'est important pour vous qu'il le pense ? » Et encore, « Pourquoi cette allusion ? » Ou bien, « Vous craignez qu'il en soit ainsi ou vous le souhaitez ? » Et récemment, « Alors vous le croyez vraiment ?! » Ses interventions sont entrecoupées de silences interminables. Si bien que je reviens souvent sur mes propos avec un luxe de détails pour éclairer sa pensée. Un jeu subtil à la limite de l'inconséquence puisqu'il connaît les artifices de mes périples présumés ; en sachant tous deux, comme ma chère Adeline que les insistances et les attentes de certains ont pour objet de me détourner des miens. Pour ma compagne, seul compte l'état de mon mental. Avec mon thérapeute, il m'arrive d'argumenter au-delà de l'écrit ; mais en cas de dispersion je n'hésite pas à revenir à mon journal ; « ma bible » comme il la désigne sans malice après une phase créative inspirée. L'évocation des rapports si intimes avec Annamaria n'a pas provoqué de réaction ni suscité la moindre gêne. Ce qui semble le préoccuper concerne mon rapport à Lisa, loin de nos bases respectives, dans un contexte parfaitement inexploré. Qu'elle parte à l'étranger dans le cadre d'un échange scolaire, quoi de plus normal. Que je me précipite à son chevet pour la soutenir, à l'annonce d'une opération bénigne, l'interpelle clairement. Selon Adeline, le fait de m'investir auprès d'une enfant et de sa famille, fût-ce symboliquement, semble marquer une conversion, une rupture franche avec mes codes de vie. Elle a parfois douté des pratiques du psy, avec ses infinis répits, le mûrissement d'une réflexion, d'un projet. Mais je n'ai pas hésité à lui conter mon équipée londonienne. Au fond, il le souhaite autant que moi puisque je ne peux exister sans ses soupirs, ses questions si brèves, ses attentes devenues les miennes.

Le pragmatisme pondéré des Anglo-Saxons me rassure, me ravit. À peine arrivé dans le hall du St. Mary's Hospital, j'avise une grande et élégante jeune femme munie d'une pancarte discrète où figure mon nom. À ses côtés, un gaillard à l'allure sportive de rugbyman. Les présentations aimables et leur sympathie spontanée m'ont rappelé mes voyages en famille dans divers pays du Commonwealth. Lorsque j'ai été rassuré sur le sort de Lisa, nous nous sommes appelés par nos prénoms. Quelques heures avant ma venue, John et Bridget avaient accompagné Lisa jusqu'à la porte de la salle d'opération. Le chirurgien, un ami du mari de Bridget, a pratiqué l'intervention dans des conditions optimales. En nous rendant dans sa chambre nous l'avons croisé, flanqué de l'infirmière du service. Selon lui, tout s'est déroulé simplement. Elle restera en observation trois ou quatre jours et devra éviter des efforts physiques pendant deux bonnes semaines. Je me suis approché de Lisa ; elle m'a semblé si apaisée ainsi endormie ! J'ai remarqué une expression que je ne lui connaissais pas ; et les mêmes traits raffinés que sa jolie maman. En quittant l'hôpital, j'ai commencé à accuser le contrecoup de ce long voyage singulier. Je n'ai pas eu à le mentionner. John s'est empressé de rapprocher la voiture et environ vingt minutes après, nous étions assis dans son salon, un verre de scotch à la main. Olivia, la joviale correspondante de Lisa, est venue s'asseoir près de moi. Je lui ai fait part de mes impressions après ma visite à l'hôpital. Demain matin elle nous accompagnera avec sa mère auprès de Lisa.

« J'ai cru comprendre que vous étiez un ami de la famille, Paolo. » Une curiosité féminine somme toute légitime de la part de Bridget. Il ne m'a fallu que quelques phrases pour les éclairer. Tous deux m'ont fait part de leur enthousiasme. Mon anglais, les autres langues pratiquées ainsi que le cadre de ce *Castello* si magique à leurs yeux, m'ont valu une kyrielle de questions et de compliments fort embarrassants. Je pouvais difficilement leur suggérer de relativiser, d'autant que ce qui me touche le plus ne semble pas les avoir effleurés. Cela m'appartient encore et je n'entends pas le partager.

« Et... Pourquoi ? »

Mon psy, qu'il m'arrive de négliger, s'est rappelé à moi, de sa voix affétée un rien distante, imperturbable. « Pour toutes les raisons que vous pouvez concevoir après les douces confidences que je vous ai réservées... » « Oui ?... Et ?... » J'attendais cette réplique, pour s'excuser de m'avoir interrompu ou bien pour m'inviter « ... à libérer d'autres cases » ; il lui arrive de le confesser en fin de séance. Je sais bien où il veut m'amener. Du côté d'Annamaria pardi ! Eh bien je n'irai pas, comme il s'y attendait, en l'entendant maugréer en sourdine. On se connaît trop bien tous les deux. « C'est moi qui parle... Et comme je veux. » Ici, je viens de marmonner moi aussi.

À ma demande, John m'a conduit dans leur vaste bureau pour me présenter le dernier projet d'architecture en cours de réalisation. Nous avons beaucoup échangé sur mes goûts en la matière. Je n'ai pu m'empêcher de mentionner Palladio, l'un des architectes symboliques de la Renaissance italienne. Puis, John m'a fait part de son étonnement enthousiaste lorsque j'ai mentionné Isosaki[23] parmi mes architectes contemporains favoris. À mon tour de le complimenter, en découvrant la miniature d'une villa extraordinaire pour un négociant du Kent[24], près de Canterbury. La maquette, réalisée par mes deux nouveaux amis en dit long sur leur complémentarité. Les matériaux naturels tels le verre, l'ardoise, diverses essences de bois rehaussées par un métal gris clair poli épousent des formes élancées d'une rare élégance. Je crois vraiment que j'ai trouvé mes architectes pour la maison occupée par Annamaria et sa fille. Lorsque j'ai évoqué ce projet, Bridget a regardé son Johnny avec une telle tendresse teintée d'envie ! Nous en avons souri et Olivia la première

---

23. Arata ISOSAKI, architecte japonais né en 1931
24. Un Comté d'Angleterre au sud-est de Londres

à l'idée de gambader bientôt dans le domaine toscan avec Lisa. En le présentant comme un acquis pour le domaine et sans préjuger des avis de maître Criscolli, je n'imagine pas d'opposition à ce projet de rénovation et d'extension.

Le soir venu, depuis ma chambre, j'ai appelé Annamaria. Elle a décroché tout de suite. Depuis l'annonce de l'hospitalisation de Lisa et mon dernier appel, elle n'a plus lâché son téléphone. « Tout va bien ! ... Oui, tout va pour le mieux... » ont été mes premiers mots. Je l'ai entendue expirer lentement. « ... Oui je l'ai vue. J'ai rencontré le chirurgien et les parents d'Olivia sont aux petits soins... Pour moi aussi... Demain matin nous irons la voir avec Bridget et sa fille. » Elle a repris sa respiration comme si elle était restée longtemps en apnée. « ... Je leur ai même parlé de notre projet pour ta maison... Oui, ils sont emballés !... » Après une longue attente silencieuse, elle m'a promis de se calmer. Ce ne sont que des mots, mais je sais maintenant que nous pouvons échanger en confiance. « ...Demain, tu seras plus détendue. Pour toi, pour Lisa... et pour moi. » Sa voix s'est estompée peu à peu. Tant qu'elle n'aura pas entendu sa Lisa, elle aura toutes les peines à émerger.

Le lendemain, nous arrivons à l'hôpital vers 10 heures. Lisa a eu une nuit agitée. Elle a finalement retrouvé le sommeil au petit matin ; de sorte qu'en arrivant dans la chambre, elle venait de finir son petit déjeuner. À peine ai-je franchi la porte, qu'elle a tendu ses petits bras. Nous sommes restés si longtemps embrassés que sa copine Olivia a fini par se manifester. Après avoir tous pouffé, Olivia et sa maman sont venues l'embrasser en même temps. Cela m'a touché. Deux inconnues, si affectueuses, comme pour une des leurs. « Tu vois, Paolo, on m'aime aussi en Angleterre ! » Bridget l'a aussitôt serrée dans ses bras.

« Chère Lisa, nous faisons avec toi comme pour notre fille ; et dans peu de temps tu viendras te reposer chez nous ; tu sais qu'Olivia est en vacances ; vous pourrez mieux vous apprécier. » J'ai partagé la sobriété de ses mots. Lisa est une enfant au caractère affirmé ; une "dure au mal" comme le répète sa mère. Au plan humain, je suis certain qu'elle a fait siennes ces dernières épreuves en sachant qu'elle a beaucoup reçu. Depuis nos premiers échanges au *Castello*, lorsque nous nous côtoyons, nul besoin de grands commentaires. Nous percevons certaines situations par le regard d'abord. Comme avec Annamaria.

Alors que Bridget est allée faire son shopping, nous nous sommes installés de part et d'autre du lit de Lisa. Pendant qu'elle explique à son amie les tiraillements qu'elle perçoit sans trop pouvoir remuer, mon téléphone se met à vibrer. Avant de décrocher, je lis sur le cadran "ANNAMARIA". Je tends le combiné à sa fille, radieuse, qui décroche aussitôt. « Maman chérie ? » J'imagine l'émotion à l'autre bout. « ... Oui ! Ça tire un peu mais c'est supportable... Non, ne t'inquiète pas ; je te le dirais, tu sais bien !... Oui, il est là avec Olivia... Sa maman les a conduits... Elle est allée faire des courses... Demain si tu veux, c'est moi qui t'appelle... Oui, promis ! Je te le passe et je t'embrasse très fort... OUI ! » Annamaria, qui ne pratique pas l'anglais, s'est excusée de ne pouvoir s'adresser à Olivia pour la remercier ainsi que ses parents. Je l'ai sentie plus calme. Son souffle dans le micro, apaisé ; sa voix grave mieux maîtrisée. « Je ne t'ai pas encore dit combien je t'aime Paolo, ni comment... Mais ça je te le dirai à ma façon de

vive voix. Je sais juste que tu me manques... tellement ! »
J'ai à peine le temps de lui souffler qu'elle me manque
aussi ; elle a déjà raccroché.

En s'adressant à Lisa, Olivia simplifie à l'extrême son
expression. Elle le fait avec tact et générosité. Je l'en
ai félicitée. Physiquement, sans être forte, elle affiche
des formes replètes sympathiques. Même son sourire
est tout de rondeur ; comme une pomme aux couleurs
chatoyantes. « C'est tout son père au féminin ! » selon sa
mère, attentive mais discrète. Je conçois mieux cet élan
familial de gentillesse et de simplicité. Chez eux, pas de
fausses notes ; un état permanent de bonne volonté ; et
un modèle social qui convient à Lisa. De temps en temps,
elle me tend sa petite main que je serre. Puis, en italien
« Tu as pu dormir dans ma chambre finalement ? » Pas
question de lui mentir. Et très directement, « Non, nous
avons passé la nuit devant la cheminée. J'aime beaucoup
son odeur, ses jeux de lumière, sa chaleur si douce ! »
Elle m'observe tendrement, « Maman aussi ; tout comme
toi... et je sais aussi que vous vous aimez... » Alors j'ai
repris sa main, « Oui Lisa, nous nous aimons beaucoup...
beaucoup ! » Elle a resserré ma main avec son autre main
aussi. Olivia s'est montrée d'une grande discrétion. Elle a
regardé par la fenêtre pendant notre échange en italien.
Je lui ai dit que nous parlions d'Annamaria, la maman de
Lisa que j'aime beaucoup. Lisa lui a fait signe qu'elle lui
en parlera plus tard. Olivia m'a souri. Elle a simplement
ajouté qu'elle était heureuse de nous connaître et qu'il lui
tardait de venir en Italie, « ... al Castello[25] ! » dans un élan
italianisant des plus cocasses. Lisa s'est souvenue qu'elle
venait d'être opérée, en se retenant du mieux possible
pour éviter tout embarras.

---

25. Au Château, *en italien*

Quand Lisa est sortie de l'hôpital, Bridget et John l'ont installée dans la chambre d'Olivia où l'attendait un lit jumeau tout contre celui de sa camarade. Devenues inséparables, elles ont vite profité de diverses rencontres avec les amis d'Olivia. Lorsque nous nous retrouvons à table, Lisa s'empresse de me montrer son carnet rempli d'expressions et de vocables nouveaux que son amie a parfois inscrits pour elle. J'apprécie qu'elle ait pris autant de notes ainsi que les noms des amis invités, avec leurs coordonnées complètes et parfois leurs photos. Bridget ne manque pas une occasion pour la faire parler. Lorsqu'elle reçoit des compliments, Lisa m'observe dans l'attente d'un clignement d'yeux ou d'un sourire discret. Mais le plus souvent je finis par me pencher à son oreille, « Je suis très fier de toi ! » Et à chaque fois elle me sourit timidement, tendrement ; et bien sûr elle me fait craquer. Je la blottis quelques instants contre mon épaule où elle pose sa tête. Je sens Lisa heureuse ainsi, ce qui n'a pas échappé aux parents d'Olivia.

En développant les étapes de ces nouvelles épreuves, j'ai senti mon psy plus soucieux qu'à l'habitude. En ces instants, ses expressions me touchent et me stimulent vivement.

Deux jours avant la fin du séjour londonien, nos hôtes ont organisé une fête superbe pour célébrer les 13 ans de Lisa. La matinée a commencé par une succession d'appels pour elle depuis la Toscane, dont celui de maître Criscolli, celui d'Antonio, de quelques voisins et pour finir par celui de sa maman, littéralement transportée ; puis ceux des amis d'Olivia qui n'ont pas pu se joindre au festin. Quant aux cadeaux, une deuxième valise serait nécessaire pour tout emporter. Le soir venu, Bridget m'a pris à part discrètement. « Lisa vient d'avoir ses premières règles... C'est arrivé à Olivia il y a peu... Pas d'inquiétude, je gère ! » Elle a bien senti que j'étais mal à l'aise. Mais elle sait que je lui fais une absolue confiance. Avant d'aller se coucher, Lisa a passé ses petits bras autour de mon cou en chuchotant à mon oreille, « Tu sais Paolo, je suis devenue une vraie demoiselle aujourd'hui. Maman m'en avait parlé et Bridget m'a bien aidée. » Je l'ai embrassée, non sans lui dire combien elle comptait pour nous tous, combien nous l'aimions et moi le premier. Avant de s'éclipser elle a posé ses lèvres sur les miennes, comme fait sa maman avec elle. À cet instant, j'ai compris que j'étais à elle aussi. Tard le soir au téléphone, Annamaria n'a pas cessé d'exprimer sa joie de sentir Lisa si heureuse ; si fière de ses progrès ! Bien sûr elle aurait aimé être auprès d'elle pour toutes les raisons, dont celle révélée par Dame Nature. Elle n'a aucun doute sur les qualités de cœur de Bridget, sur son expérience. Lorsqu'ils viendront au Castello, je sais que tous seront chaudement accueillis. Annamaria a insisté pour que leur séjour soit mémorable et à moins de deux mois de l'échéance, il n'est pas trop tard pour motiver les responsables du domaine. Son engagement m'a touché. Je me suis empressé d'en informer nos amis anglais. John, en bon professionnel, m'a demandé de lui adresser un dossier le plus complet possible au sujet de la maison ancienne d'Annamaria, des alentours ainsi que du *Castello*. La documentation officielle d'un site chargé d'histoire, les plans et les photos annexes du domaine et de la petite maison d'Annamaria devraient le satisfaire.

« Et du côté de maître Criscolli ? »
Mon psy émettrait-il quelques doutes ? Il sait bien que le Maître de la Charte bénéficie d'une écoute et d'une aura toute particulières, même et surtout s'il n'a pas de

pouvoir décisionnaire. C'est écrit. Depuis les premiers envois du notaire, tout a été clairement exposé, détaillé. Les traditions demeurent et qu'importent les amnésies d'antan et les troubles latents.

« Oui ?... »

Une interrogation et un oui importun restés sans réponse. Cela est fréquent. Ce qui m'importe c'est d'avancer. Après tout, il n'a qu'à m'écouter.

Nos vols de retour ont été programmés à une bonne heure d'intervalle. À l'aéroport, la joyeuse classe d'Olivia au grand complet a célébré le départ des petits Italiens, non sans scander bruyamment le nom de Lisa. Elle est restée avec Olivia et ses parents le plus longtemps possible. Puis elle s'est précipitée vers moi avant de franchir le portillon de sécurité. Nous n'avons pas échangé. Elle est restée blottie ainsi ; puis elle s'est sauvée sans se retourner. Jusqu'aux derniers instants, le chahut final, les embrassades, le crépitement des flashes et des selfies ont tout emporté ; une scène particulièrement émouvante que je n'oublierai pas, ni la gentille Olivia réconfortée par sa maman. En rejoignant ma salle d'embarquement, je me suis retrouvé bien seul. Avec mes doutes. Mes phobies. Mes élans aussi...

« Pour qui ? »

Pour qui, pour qui ? « Mais pour moi d'abord !... » Faut-il qu'il en doute ? À sa façon de pencher la tête dans sa main gauche, je sais que mon psy ne parlera plus ; qu'il n'ira pas au-delà. Que sa tentative était vouée à l'échec une fois encore. En prenant congé ce jour-là, il a serré ma main plus longtemps qu'à l'habitude. Sans le moindre mot. Nous nous reverrons quand je l'appellerai. Dans un mois peut-être. Ou dans deux. À mon retour d'Italie ou bien avant ? Qui peut le dire ?

En revenant de l'aéroport, après avoir franchi la porte de mon appartement, un message animé de Lisa s'est affiché sur mon portable. « Bien arrivée. Maman et Antonio m'attendaient. Nous rentrons, gros bisous, Lisa. » Je lis le message à Adeline qui attend que nous soyons bien installés – comme au retour de mes déplacements – pour me questionner sur mes fabuleux séjours. Après ce long périple, j'ai préféré me rendre à mon domicile. Nous aurions pu aller chez elle ; mais pas cette fois. Un signal parfaitement intégré, comme au retour de chez mon psy, selon l'humeur, les avancées, les écueils. Aujourd'hui Adeline n'aura pas à me consoler. Tout ce que j'ai partagé avec mon thérapeute, toutes mes conquêtes, mes envies, mes projections, mes douces déraisons, m'ont transporté une fois encore. Un état euphorique qu'Adeline connaît bien, depuis nos premières sorties le long de la Seine, de mes retours fréquents, désirés ou prescrits à Sainte Anne, de mes premiers échanges avec maître Criscolli. Sa correspondance ne me quitte pas. Grâce à lui, je sais tout de mes ancêtres, tout sur le *Castello*. J'ai compris depuis peu qu'il attend le moment de m'accueillir définitivement. « N'oubliez jamais, mon ami, ici vous êtes le Maître de la Charte ! » a-t-il réitéré dans un courrier récent. Pour me donner du courage ? Pour m'abstraire au souvenir des miens qui ne me quitte jamais ou insuffisamment au goût de certains ? C'est vrai qu'il est beau mon *Castello* ; et tous ceux qui œuvrent à sa renommée, admirables ! Je sais que maître Criscolli les cite avec force détails pour ébranler ma vie. Pour m'aider à préférer une autre existence parmi les paysans, les ruches, les vignes et les champs. Moi, un ancien de Louis-le-Grand et de la Sorbonne, pour les arts et les sciences humaines et plus tard pour les langues. « C'est bien cela qu'il veut n'est-ce pas ? » Adeline se démarque de mon thérapeute ; et si tous deux conçoivent l'allure chimérique de mes récits, il lui arrive de perdre pied. Ses réponses directes, parfois brusques, ne ratent jamais leur cible. Lorsqu'elle franchit la ligne, elle ne manque pas une occasion pour sceller une réconciliation d'une façon ou d'une autre. Le plus souvent, elle me prend dans ses bras pour me rassurer en se moquant gentiment. Selon la circonstance, nous finissons de nous réconcilier à même le divan. Plus rarement dans mon lit ou dans le sien. Des moments intenses pour chacun de nous, sans aucune connivence a priori. L'esprit crie "vengeance" d'abord. Nos corps amplifient l'expression parfois jusqu'à l'extrême, selon le degré des meurtrissures ; souvent aux limites de l'extase ou des pleurs de l'abandon, en sachant que nous nous retrouverons, heureux ou attentifs, sur des routes voisines infiniment fuyantes.

« Bien sûr qu'il le souhaite ! Tu es le seul de la famille à pouvoir présider aux destinées d'un domaine unique et prestigieux dont ton frère aîné n'a pas voulu. Votre patronyme est resté célèbre là-bas. Cela t'aiderait tellement par ailleurs ! » Une allusion qui fait mouche lorsqu'elle y mêle l'estime de soi, définitivement altérée, parmi mes passions tristes, dont celle, abyssale, après le décès accidentel de mon jeune frère Giambà. Ma chère mère était parvenue à m'aider. Elle voulait privilégier le souvenir du meilleur dans cette relation qui n'excluait pas le chagrin. Il ne fallait pas se laisser aller pour continuer d'aimer la vie. Elle avait en partie réussi en prétendant qu'elle préférait une tête bien faite à une tête bien pleine, lorsque j'évoquais l'intelligence de l'homme qui ne serait jamais un animal religieux, mais un animal intelligent capable de questions habiles. Immanquablement nous revisitions toutes les raisons de croire ou de ne pas croire en Dieu, sans en écarter aucune « ... n'en déplaise à

Nietzsche ! » ajoutait-elle fièrement, non sans citer Pascal qui l'avait si bien formulé, pour dépasser les contingences humaines ; et ce, en dépit de mon scepticisme tranquille puisque les doctrines se contredisent. Pour l'amuser, quitte à me répéter, je ne manquais pas d'évoquer Cioran[26], que ma mère redoutait pourtant, lorsqu'il affirmait que « si quelqu'un doit tout à Bach, c'est bien Dieu. » Un sujet où personne ne cherchait à avoir le dernier mot. Elle avait conclu par un trait d'humour, en citant un célèbre théologien chrétien du 20e siècle[27], qui doutait que les anges jouent du Bach pour glorifier Dieu. En revanche, il était certain que lorsqu'ils sont entre eux, les anges jouent du Mozart.

J'ai repris ce propos le jour où Adeline avait tenté les voies hasardeuses du sacré, lors d'une première sortie de Sainte Anne, sur les berges de la Seine. Ce jour-là, elle avait évoqué mon attachement, « ... ma prodigieuse dévotion ! » à ceux de mes parents disparus en mer, après la perte tragique de mon pauvre petit frère. Plus tard, à propos de croyance, j'ai prétendu qu'un *Castello* rêvé a une importance égale à un *Castello* réel dont l'existence ne change rien à la notion, sinon que ses bienfaits tangibles profitent à chacun. Peu après, Adeline m'a offert un ouvrage de Cioran en rapportant sur la page de garde l'un de ses fameux aphorismes, « Dans un monde sans mélancolie, les rossignols se mettraient à roter. » Comment ne pas honorer assidûment mon amie ? Adeline m'a tant donné ! Un attachement particulier, certes, mais définitif celui-là.

Lorsque j'ai abordé mon voyage toscan par le détail, j'ai senti comme une gêne. « Paolo, je crois qu'il s'agit de

---

26. Philosophe et écrivain roumain (1911-1995)
27. Karl Barth, théologien suisse (1886-1968)

ta vie. La vraie cette fois. Garde tout cela pour toi ; ou encore pour Lisa et pour sa mère qui comptent sur toi. Tu dois l'admettre sans crainte... Tu sais que je serai toujours disponible. Mais tu dois te lâcher. Tu dois nous lâcher pour te trouver enfin. »

Le changement tant espéré de mon petit univers n'est pas aisé. Il ne s'agit plus de provoquer du rêve. À force de vivre dans une forme de déni, je crains que le réel se venge à force de l'ignorer. Je dois accepter le changement et ne pas me convaincre qu'il faut juste le faire. Une vraie difficulté pour agir, comme si je n'en voulais pas ; mes rêves sont tellement plus doux ! Ai-je pour autant envie d'un changement au lieu de persévérer dans mon être ?... Ou alors, à condition que ce changement me favorise ?... Je me retrouve au pied d'un mur jadis infranchissable. Le confort de l'inertie me pèse. Cette réflexion ouvre une voie pour mon psy ; il va devoir lui aussi se dévoiler. Ses non-questions finissent par m'électriser. Une stratégie de sa part ? Peut-être. Le prétexte du *Castello* n'y suffit plus, je le sens bien. Suis-je prêt à tourner le dos à mes camps préservés ? J'y retrouve ceux qui m'ont tout donné, tout appris de l'humanité. Je leur parle tous les jours, ce que mon psy ignore sans doute. Les recours d'Annamaria, ceux rêvés de Lisa, les récentes perspectives et les lettres de mon Cavaliere de notaire, tout s'organise devant moi. Juste vouloir plonger. Sauter. Quitte à fermer les yeux. Pour découvrir une vie différente ? Pour tout oublier ? Lorsque j'ai prétendu à mon psy que la France était pour moi le plus beau pays du monde, un pays heureux avec une population insouciante et rieuse, un pays tranquille et sûr, il a juste prononcé un « Oui ? » interrogatif comme souvent. Alors, j'ai énuméré en rafales, pour qu'il ne m'interrompe pas vainement, toutes les raisons vitales d'un attachement aussi profond. « Un pays sublime par ses traditions, ses paysages, ses œuvres d'art, son niveau de vie, sa cuisine, sa liberté d'écrire, de se divertir, de penser, de circuler, de prier, de se cultiver, de se vêtir, de se soigner. Mais encore, le pays de la liberté de conscience et de la pratique religieuse, protégées par une laïcité démocratique. Un paradis dont certains voudraient nous priver au profit d'un ailleurs fantasmé... Un exemple pour la planète, quoi ! Sans se départir de son ton monocorde il a ajouté, « Et ? » Comme je l'ai souvent déploré dans ce journal, il finit toujours par m'exaspérer. Il y a peu, je lui ai assuré qu'il serait le seul que je ne regretterais pas. Son très détimbré et distant « Pourquoi ? » a provoqué chez moi un éclat de rire immédiat qui l'a quelque peu déridé. Il sait que je lui suis très attaché, mais il cultive des distances thérapeutiques tellement glaciales, qu'il finira bien par ne plus me revoir.

« Allo Lisa ?... Quelle bonne surprise ! Je suis heureux que tu m'appelles ... Moi aussi tu sais, tous les jours !... Et à ta maman aussi. Tu veux bien me la passer ?... Ah... Quand elle rentrera, dis-lui que je la rappellerai bientôt. » Nous avons poursuivi presque tous nos échanges en anglais. Son retour au *Castello* a été salué par l'ensemble du personnel. Régulièrement on lui propose de venir déjeuner avec sa mère dans la cuisine rustique de l'imposante bâtisse. Le plus souvent, Annamaria décline l'offre par égard pour les autres employés. Une décision accueillie avec compréhension. Antonio, mon dévoué régisseur, a quelque peu contourné la consigne. Parfois, en raccompagnant Lisa au retour de l'école, il l'invite à partager le goûter des enfants des *"Castello"* au service de la résidence principale, que certains dénomment en français « Le Château » ; une tradition qui remonterait à l'époque de la visite supposée de François 1er. Lisa est l'objet de bien des attentions. Depuis son retour, les jeunes employées n'ont de cesse de la bichonner. Des soins esthétiques pour la peau aux récents produits en vogue pour le maquillage, tout y passe. Si Lisa apprécie, Annamaria veille au grain, en dénonçant le moindre excès ; ce qui amuse Antonio, qui m'en a informé en confidence.

Annamaria n'a pas cherché à me joindre. Je sais qu'elle attend mon appel. Lors de mes derniers échanges avec Lisa, à sa façon de formuler ses attentes ou de les sous-entendre, elle a souvent évoqué les points de vue maternels ; soit pour les contredire, soit pour appuyer ses intentions. « Je ne crois pas qu'elle aimerait que j'en porte » ou encore, « ... Et si j'en parlais à maman avant ? » et surtout, « Tu veux bien lui demander ? » Une perche bien sûr que je finirais par saisir. Au cours de cet échange, Lisa m'a affirmé qu'elle ne me voyait pas comme un père. Moi qui secrètement voulais une fille, cela m'a perturbé. Son pauvre papa est à jamais dans son petit cœur. Moi, je suis « à la fois dedans et tout autour. » Je suis son Maître de la Charte comme le répètent ses copines ; à quoi elle a répliqué que j'étais bien plus puisque j'aimais sa mère et que je l'aimais aussi. C'est vraiment à la suite de cet échange que j'ai eu envie d'entendre Annamaria.

« Allo Annamaria ?... Oui nous avons beaucoup échangé avec Lisa... Et sur bien des sujets... Nous concernant, elle a notamment affirmé que j'étais plus que le représentant de la Charte puisque je vous aimais toutes les deux... Et je sais qu'elle a raison. Cela compte beaucoup plus pour moi... »
Annamaria n'a pas beaucoup parlé. À sa façon de respirer ou de déglutir, je sens qu'elle me reçoit. Pleinement.

Alors je me suis arrêté de parler... Nous avons chuchoté en nous souvenant de nos échanges ; de nos ébats devant la cheminée. Plus qu'une évocation... une émotion en continu proche de l'ineffable. Et si j'osais, d'une intensité aussi ardente que surprenante.

Comment pourrais-je encore douter ?

VI

Nous avons convenu de nous retrouver à l'aéroport de Roissy avec nos amis anglais pour rejoindre l'Italie. John et Bridget ont emporté un ensemble de documents et divers petits matériels professionnels. Ils sont aussi en mission commandée et bientôt, si tout va bien, ils seront "en charrette" selon l'expression consacrée ; une période où tout s'accélère pour délivrer les plans définitifs avant le début effectif des travaux. Je n'ai pas osé les questionner sur leurs méthodes prospectives. Pas encore. J'imagine qu'ils ont besoin d'échanger avec Annamaria pour entendre ses souhaits et ceux du notaire, maître Criscolli. En attendant leurs avis, j'y ai un peu songé ; une ouverture vers l'arrière de la maisonnette, du côté de la forêt, semblerait indiquée ; pas ou peu de vis-à-vis et la nature toscane vallonnée pour horizon.

Pour son premier voyage en Italie, Olivia s'est parée aux couleurs de la péninsule. Son chemisier blanc illumine l'ensemble, avec sa jupe vert sombre et un gilet vermillon en dégradé. Ses parents, en jean et tee-shirt, figurent un couple d'étudiants des années 90, avec un large gilet en tricot aux épaules. Tous deux arborent une casquette blanche et noire aux armes sobres du *King's College*[28]. Je me réjouis d'être leur guide ; pour la langue, puisqu'ils ne

---

28. Collège de l'Université de Cambridge

parlent pas l'italien, mais pas uniquement. John est un esthète sensible tout en retenue. J'ai tout de suite aimé ce contraste avec son allure d'athlète puissant. Bridget exprime un naturel tonique sans ostentation, avec des élans directs, efficaces, discrets. Une belle et réelle autorité.

Dans l'avion, Olivia a tenu à s'asseoir près de moi. De temps à autre elle tend sa main vers l'arrière ; pour son $Daddy^{29}$ bien sûr, qui ne manque pas de la chahuter discrètement. Les exercices de prononciation pour déchiffrer les consignes de sécurité en italien, ont amusé nos voisins, un couple de retraités florentins. J'ai traduit leurs amabilités à l'adresse d'Olivia qui les a gratifiés de petits signes enjoués avant de reprendre son déchiffrage cocasse. Une occasion pour moi de tester mes savoirs dans le domaine de l'aéronautique civile et mon aptitude à aider ma jeune voisine, en jonglant avec un vocabulaire relativement spécialisé. Olivia m'amuse. Dans sa façon de communiquer, quel contraste par rapport à Lisa ! Elle trouve matière à jouer avec les expressions et les attitudes observées chez des proches ou des inconnus. Elle les observe et émet des avis critiques pouvant paraître superficiels ; mais plus d'une fois je me suis rangé à ses arguments. « Toi, tu sembles souvent absent ou ailleurs. C'est dommage, tu connais tellement de choses ! Tu écoutes mais tu n'interviens que très peu. » J'ai été dérouté par ses remarques inattendues ; elles m'ont rappelé certains propos de l'une de mes nièces. Que lui répondre ? Je n'ose pas l'importuner avec mes difficultés, mes attentes ; mes ailleurs précisément. « Tu as raison Olivia. Je te promets d'être plus assidu, plus réactif. » À la façon de pencher sa tête pour capter mon regard, sourire en coin,

---

29. Papa, *en anglais*

je comprends qu'elle veut entendre autre chose que des promesses. « Que veux-tu savoir ? » Après un semblant d'hésitation, elle se penche vers moi « Ce qui semble te chagriner parfois. »

Pour répondre vraiment à son attente, je crois qu'il me faudra bientôt rendre les armes. Sans résister. À la réflexion, il est possible que Lisa l'ait quelque peu renseignée. Mais quel intérêt pour elle d'en savoir davantage ? À son âge, je n'aurais pas osé aborder pareille discussion. Nonobstant, cette curiosité m'interroge ; une spontanéité qui mérite des réponses directes, comme celles reçues de ses parents. De sa maman surtout ; elle sait dédramatiser de vraies problématiques en schématisant, en rassurant, sans rien cacher des vérités. Un soir, le sujet portait sur l'homosexualité féminine, à propos d'un film français primé à Cannes, qui a choqué la "bien-pensance" londonienne. Malgré la polémique persistante, Bridget a pris le parti du réalisateur. « Il aspire à nous montrer tels que nous sommes, certes avec des ambitions artistiques, mais aussi avec des questionnements sur la vie sociale et sur l'humanité. » Elle a su reprendre l'argument du cinéaste en mettant à la portée des jeunes gens invités, dont certains à peine plus âgés que sa fille, le contenu émancipé de ce film, les motivations et les comportements des deux héroïnes. De l'aveu du réalisateur, il serait disposé à ce que son film soit interdit aux moins de 16 ans. Néanmoins, il prétend qu'il y aurait tellement à faire par ailleurs, comme lire Platon ou Marivaux. Selon Bridget, il faut surtout aller plus loin en interdisant certains jeux vidéo aux très jeunes ; et d'ajouter « ... Que dire des films X que des garçons et des filles de 12 ou 13 ans regardent sur leur téléphone portable et qui en rient ?! »

Ce soir-là, je me suis senti à ma place parmi les jeunes convives, pour partager les rites âpres de leur vie. Une vie que j'hésite encore à vouloir affronter. Lisa ne m'a pas lâché des yeux. Elle a souvent chuchoté à l'oreille d'Olivia ; puis elle s'est rapprochée de moi. « J'aimerais que tu m'en parles aussi... plus tard. » Je lui ai souri timidement non sans opiner du chef. Le samedi suivant, pendant le sacro-saint week-end anglo-saxon, Bridget a accueilli la responsable du service ORL du St Mary's Hospital, grâce à l'appui de l'ami chirurgien qui a opéré Lisa. Quelques copains de la classe d'Olivia avaient été conviés, notamment ceux qui ne peuvent vivre qu'avec des écouteurs vissés aux oreilles. Une dépendance qui inquiète les spécialistes partout dans le monde. Cette immersion sonore se généralise malgré les risques sanitaires alarmants, depuis l'altération temporaire des seuils auditifs jusqu'aux pertes auditives permanentes. Une fois les normes précisées en matière de décibels, de durée de l'exposition aux sons amplifiés et de la présentation de l'application Sonomètre, pour alerter en présence de sons extérieurs trop forts, la spécialiste a interrogé les jeunes les plus dépendants sur leurs motivations. Un seul a osé parler : « Il faut que le son arrache tout pour couvrir le bruit des discussions, de la musique des autres ; pour ne rien voir ni entendre. » Les constats réalistes de la spécialiste n'ont donné lieu à aucune contestation. « Monter le volume sonore facilite l'oubli de soi en conduisant à se vider la tête, pour se défouler des pressions ordinaires d'une société anxiogène. Une musique pour combler les vides, pour s'amuser ou travailler, dans un monde où le silence est assimilé à l'atonie intellectuelle, à l'ennui, à l'inactivité. » Bridget s'est efforcée d'amadouer les plus récalcitrants ; ils ont fini par ranger leurs écouteurs pour profiter d'une riche collation à l'heure du thé. Des jeunes en perte de repères pour la plupart, sans activités périscolaires, à l'exclusion « d'internet en illimité ! » comme ils s'en flattent, avec leurs musiques à fond dans les oreilles. Pendant les débats – dont l'intervention de Ann, âgée de 14 ans, m'a troublé en confessant sa phobie du silence – je me suis interrogé sur mes propres mutismes qui en fait n'en sont pas ; les échanges constants avec les miens me portent toujours autant, n'en déplaise à Adeline ou à mon psy, dont les silences assourdissants m'exaspèrent.

J'ai tenu à rapporter dans mon journal ces deux événements parmi les plus mémorables de mon escale londonienne. Leurs contenus n'appartiennent pas à mon univers sensible. La curiosité des plus jeunes, la démesure de certains témoignages, l'écoute patiente des adultes et le réalisme de leur engagement m'ont interpelé. J'ai beau me répéter que cette époque n'est pas la mienne, je l'observe ou la perçois, souvent malgré moi. Dès lors, je relate aussitôt ces révélations dans mon tumultueux récit. À mon journal je dis tout. Adeline m'a fait promettre de le lui confier, quand j'aurai décidé de le refermer « pour de bon ! » comme elle le répète habilement. Elle prétend que ce jour-là, je serai en mesure de voler, de courir ou encore de marcher sereinement jusqu'en Italie. Et peu lui importe l'état de la route. Elle veut partager cette épreuve avec moi. Mais pourquoi ?!... Une question restée en suspens depuis nos sorties communes. Au soir de la première, j'ai pris la décision de tout rapporter. « C'est le roman de ta vraie vie. » Adeline prétend que l'un de ses amis éditeurs saurait valoriser la moindre faiblesse du récit « ... pour porter témoignage ! » Un argument fallacieux qui me détourne plus encore de son objet. Les avatars de l'existence ne m'ont pas épargné. J'accueille ce destin, porté par tous les miens auxquels je m'adresse inlassablement. Par ailleurs, mes travaux d'interprète au C.R.I.[30] me font accéder à la

---

30. Centre des Rencontres Internationales

connaissance des grands débats de ce monde. Au fil du temps, mes séjours à Sainte Anne s'espacent, grâce à ma douce Adeline. Mon imaginaire me transporte jusque dans ce château toscan si vivant. Mon notaire transalpin m'informe de son actualité. Je la vis à mon gré, mes récits allusifs en témoignent, malgré les silences affligés de mon dévoué thérapeute.

Ainsi, pour répondre à Olivia, j'ai tenté d'évoquer ma mélancolie. Je lui ai parlé de mes chers disparus toujours aussi présents ; de mes passions, de l'art en général et de la vie des grands maîtres de la peinture dont certains me fascinent toujours. Il en est un qui de son vivant fut un homme de légende, l'un des peintres les plus foisonnants du XXe siècle, Nicolas de Staël[31], emporté à 41 ans par la mélancolie précisément. J'ai fait part à Olivia des raisons qui l'ont poussé à se jeter dans le vide, en dénonçant le regard éteint de la critique, le mépris pour son engagement esthétique et celui de quelques proches pour l'homme qu'il était ; un artiste généreux aux couleurs du désespoir. Après un long silence, Olivia m'a demandé d'inscrire le nom de cet artiste dans son carnet intime ; celui où elle note tout sujet digne d'intérêt, comme suggéré par son père, pour accéder à ses avis. Elle m'a montré ce carnet en désignant une séparation en son milieu ; une deuxième partie consacrée « ... aux questions plus perso » destinées à sa mère. Si chacun joue le jeu, tous trois se rejoignent pour débattre de sujets de société que la jeune fille voudrait évoquer en famille, comme elle me l'a encore révélé. La sincérité d'Olivia m'émeut. Je n'ai nulle envie de trahir sa confiance. Nul besoin de travestir mes sombres réalités, mes enthousiasmes naissants, mes refus persistants. Bridget n'est pas intervenue

---

31. Peintre français d'origine russe (1914-1955)

pendant nos échanges. Elle a dû entendre les questions et entrevoir les attitudes de sa fille, tantôt penchée vers moi, tantôt plus éloignée ou m'interrogeant du regard. Elle a dû trouver notre échange suffisamment opportun. Je sais qu'elle ressent les situations autant que les êtres. Avec sa fille, pas de précautions oratoires ; la douce fermeté du propos, son regard à peine appuyé en plissant les paupières provoquent chez Olivia une mimique réjouie des plus tendres. Elle prétend tout connaître du répertoire expressif maternel. John s'en amuse et ses non-dits ont souvent rejoint les miens lors d'échanges plus engagés. Olivia est une enfant épanouie. Elle apportera à Lisa bien plus qu'une expérience citadine, avec ses élans constants de simplicité ; de curiosité aussi. Je n'imagine pas de frein du côté d'Annamaria. J'ai apprécié chez elle une forme instinctive des savoirs. Ceux des gens de la terre ; peu de mots et parfois une expression tourmentée tellement contenue que j'en reste ébranlé. Lorsque nous avons évoqué mon retour au *Castello* en compagnie de mes amis londoniens, il y a eu de sa part une succession de silences obscurs. Elle connaît l'objet de ce voyage aux projets singuliers ; de même que l'intérêt de Lisa pour Olivia, pour son pays, pour sa langue, sa culture. Lisa, cette petite-fille de la Toscane, a éprouvé en peu de temps les réalités et les émois d'un monde très éloigné du sien. Cela aussi doit perturber sa mère. Je me suis souvenu d'une série de silences du même ordre lorsque je lui avais proposé de quitter le *Castello* de temps à autre pour venir me rejoindre. Ces réserves n'inquiètent pas mes amis. Pour Adeline « ... il faut donner plus de temps à ses rythmes bios. » Mon psy, lui, attend bravement que je décide d'un premier pas tangible. Comme s'il ne tenait qu'à moi ! Il sait que je ne suis pas seul et que je ne saurais renoncer à mes racines altérées. Il connaît les souvenirs liés à mon refuge intime de la rue Bixio, dont les lumières filtrées de ses larges couloirs évoquent à Adeline les allées sinistres d'un reposoir, lorsqu'elle broie du noir. Mon psy a toujours refusé mes invitations « ... pour prévenir les désordres fortuits d'une thérapie contre nature. » Je lui ai pourtant assuré que je pouvais, que je savais encore faire la part des choses. Sa non-réponse m'a rendu hilare. Il s'est contenté de tirer gentiment mon oreille sans sourciller. Hélas pour lui, je lui reste très attaché.

À notre descente d'avion, maître Criscolli et son aimable régisseur Antonio m'ont tous deux embrassé avec chaleur. Une effusion inattendue pour nos invités d'outre-Manche. Bridget a esquissé un sourire embarrassé lorsque le Cavaliere-Dottore-Avvocato lui a baisé la main. Olivia a pouffé en sourdine en pinçant discrètement mes doigts. Antonio s'est rapproché de moi en scrutant mon regard inquiet, pointant désespérément les issues de l'aérogare. Ni Annamaria ni Lisa n'étaient présentes. « Elles ont passé une seconde nuit blanche pour aider les brebis de la ferme voisine à mettre bas. » a-t-il bredouillé tout confus. J'en ai aussitôt informé nos amis. Les réactions enthousiastes d'Olivia et de ses parents m'ont surpris. « Un remarquable souci d'adhésion ! » s'est plu à chuchoter maître Criscolli, admiratif, malgré mon désarroi. Il est vrai que d'ici peu de temps nous serons tous réunis. Mais pour avoir autant partagé depuis Londres, il m'a semblé que j'aurais tout mis en œuvre pour accueillir nos invités en personne. Olivia a manifesté son désir de rejoindre la bergerie directement. Antonio, la mine rayonnante, a proposé de tous nous y conduire après avoir déposé nos affaires au château et repris quelque force. Pendant le trajet dans un véhicule du domaine, une sorte de minibus aux couleurs du *Castello*, John n'a pas cessé de prendre des photos des hameaux traversés, des petites fermes isolées, des paysages. Bridget a commenté les pratiques de son époux à mon intention. J'ai traduit au fur et à mesure pour nos hôtes, pas peu fiers après chaque exclamation flatteuse. Bridget a précisé que cela participait des travaux préparatoires aux premières esquisses, en vue d'établir un cadre esthétique approprié. Bientôt, j'ai reconnu la dernière courbe de la petite route vallonnée, juste avant l'accès à l'allée principale de la propriété, bordée d'immenses cyprès. Après avoir fait stopper le véhicule, maître Criscolli nous a invités à le suivre à pied en direction de l'imposante bâtisse du 16e siècle. Un cérémonial pour les hôtes de marque. Une étape inéluctable pour mériter un accueil aussi solennel, tous les cinq à la suite et lui devant. « Et voici le Cas-Tel-Lo ! » a-t-il lancé de sa voix noble et chaleureuse. Bridget et Olivia se sont donné la main. John a rangé son appareil et ses notes, en observant le moindre détail de la bâtisse, bouche bée. Antonio est resté près de moi. Après cette parole cérémonieuse, j'ai éprouvé une sensation étrange. Oui ! Que je le veuille ou non, c'est bien de mon *Castello* qu'il s'agissait. Je me suis même surpris à parler haut. « Mes amis, je vous souhaite la bienvenue. Cette demeure est un peu la mienne et pour quelques jours, elle sera la vôtre aussi. » Maître Criscolli a passé son bras sous le mien, alors que nous nous dirigeons vers le perron aux délicates sculptures florales. À l'ouverture de la porte principale, le personnel s'est présenté de part et d'autre de l'entrée. Leur sourire bienveillant m'a touché. Soudain, j'ai perçu des petits pas pressés provenant du couloir. Lisa est apparue, des fleurs plein les mains. Elle s'est avancée vers nous, a observé les uns et les autres et s'est jetée dans les bras de Bridget et d'Olivia simultanément. L'instant d'après elle s'est précipitée vers moi. Je me suis accroupi et une fois ses bras autour de mon cou, je l'ai soulevée complètement.

« Tu sais ma belle, tu sens vraiment le mouton ! » Elle m'a serré plus fort encore ; puis elle m'a observé intensément avant de m'étreindre à nouveau, « Paolo... Enfin !... Maman t'attend aussi tu sais ! » L'instant d'après, elle est allée embrasser John, très ému lui aussi. Je n'ai eu de cesse d'aller saluer les membres du personnel, en nous remémorant quelques moments forts lorsque Lisa avait prononcé ses premiers mots en anglais.

Nos amis londoniens ont été installés dans la fameuse chambre bleue François 1er et Olivia et Lisa dans une jolie chambre attenante pourvue de deux lits jumeaux. Pendant le séjour de nos hôtes, pas question de séparer les deux amies. Peu avant notre départ pour rejoindre la bergerie, j'ai reçu un appel d'Annamaria. « Amore, je suis dans mon bain... quand vous viendrez, ça risque fort de sentir la brebis ! » Comment ne pas la tranquilliser en lui annonçant notre venue dans une petite heure pour permettre à nos invités de se rendre à la bergerie justement, avec ses nouveaux nés, à la demande expresse d'Olivia et de ses parents. Une fois rassurée, Annamaria m'a informé que maître Criscolli avait ordonné un souper typique pour nos amis anglais et que nous allions tous nous retrouver au château en début de soirée. Rien ne pouvait me combler autant.

J'ai confié à mon journal les bribes d'une conversation en aparté avec maître Criscolli à l'issue de ce même souper. Nous étions dans le salon, à l'heure du café et des digestifs du domaine. John et même Bridget les ont joyeusement appréciés, sur les conseils réjouis d'Antonio et d'Annamaria. Je n'ai pas voulu relater cet entretien à mon psy ni à Adeline ; pas encore, même si tous deux se doutent que je ne leur dis pas tout. Adeline la première m'a conforté dans cette réserve pour donner tout son rythme au temps, avec ses respirations, ses doutes. Lors des retrouvailles sur le perron du château, mon Cavaliere de notaire a été sensible à nos attitudes lorsque Lisa s'est précipitée à mon cou. Il l'a entendue s'exprimer, mais ce sont nos réactions mutuelles qui l'ont impressionné. Comme à son habitude, il a évoqué quelques généralités avant de préciser sa pensée. La famille selon lui ? La plus ancienne des institutions, la plus vivace, la plus respectée, y compris par les jeunes générations. Il a balayé d'un revers éloquent les rêveries collectives des années 70 en rejetant, en homme de culture et de convictions, les assertions sans appel d'un Gide condamnant la famille. Il a poursuivi « ... Et si nous avions besoin d'avenir après notre mort, pour continuer de faire vivre un peu de nous, même sans nous !... La loi de l'espèce, mon cher Paolo, celle de nos gênes. Une priorité forte. Celle de nos enfants pour lesquels nous donnerions nos vies ! » Ses notions de grec ancien sur le sens du mot dynastie m'ont réjoui. Et de préciser « ... C'est la souveraineté. La puissance ! Point n'est besoin d'évoquer la saga des grandes familles régnantes de l'histoire. Retenez l'exemple des enfants succédant à leur père dans le cadre de leurs fonctions, à la tête de domaines comparables au *Castello*... Une sorte de puissance héréditaire ou en passe de le devenir. Cher Paolo, les familles ont vraiment le sens du long terme, croyez-en mon expérience. »

Nous y voilà ! Pendant l'exposé de quelques arguties sur le droit de propriété, mais aussi sur l'amour parental, je me suis interrogé sur mon destin singulier à ce moment de mon existence. Dans le cadre de mes fonctions, j'ai traduit nombre de colloques dédiés à la famille. Ainsi ai-je pu apprécier la finesse des thèses de maître Criscolli. Mais contrairement à ses dires, ma situation familiale n'est en rien comparable à celle des Dassault, des Bolloré, des Bouygues ou autres Arnault, encore que pour nombre d'entre elles, ces familles connues aient le sens de l'humain. En effet, sans amour, quel sens donner à une action collective pérenne ? Mon cher notaire n'ignore pas que je n'ai pas de descendance. Seuls mes proches savaient que j'aurais aimé élever une fille. Elle aurait pu ressembler à sa maman, avec un goût prononcé pour les arts ou l'anthropologie ; ou encore pour la nature qui souffre tant ! Mais avec un destin chancelant comme le mien, comment me repérer ? Comment avancer sans renier mon histoire ? C'est tout cela que mon illustre Cavaliere a voulu invoquer. Je conçois ses attentes ; comme si quelque chose devait émerger. Un premier signal. Une proclamation intime d'abord ? Tout sauf une illusion. Ce soir-là, maître Criscolli s'est gardé de tout empressement. Il s'est borné à évoquer des projets vertueux. Bien avant le décès de ma tante, il savait tout de mes souffrances. Par la suite, nos communications épistolaires par psy interposé m'ont permis de susciter bien des souhaits. Il sait que je poursuis inlassablement ce parcours intérieur, en portant à ma guise tous ceux du *Castello* qu'il a mentionnés ou valorisés, au gré des aléas, des mutations, des conjectures.

Antonio est venu interrompre nos échanges en nous présentant deux verres ciselés anciens, débordants du digestif préféré de nos invités ; une eau-de-vie millésimée du *Castello* antérieure aux années 50. Pendant notre aparté, j'ai senti la présence, les regards, les sourires d'Annamaria pour chacun de nous. A-t-elle pu imaginer la teneur des élans de mon prolixe notaire ? Rien n'est moins sûr. J'ai aimé la caresse furtive et répétée de sa main sur ma cuisse, en faisant passer des boissons à nos hôtes. Je l'ai sentie avec moi, avec nous. Mais avant tout pour moi. Pour nous deux. De cela je ne peux ni ne veux pas douter.

Après avoir évoqué une dernière fois leurs émotions auprès des nouveau-nés de la bergerie, Olivia et Lisa ont rejoint leur chambre, non sans nous avoir tous embrassés. Olivia, hilare, m'a soufflé que cette pratique des embrassades l'amusait beaucoup. Bridget a fort justement imaginé la confidence de sa fille. « C'est vrai qu'à Londres on ne s'embrasse pas autant. » Et aussitôt elle s'est précipitée sur les genoux de son mari en décrétant que cette coutume avait du bon. Après l'avoir embrassé sans grande retenue, elle a éclaté de rire comme nous tous. Maître Criscolli a levé son verre une dernière fois ; et avant de s'éclipser :

« Mes amis, après Pline l'Ancien[32] et ce pauvre Kierkegaard[33]...

– *In vino veritas*[34]!... Et sur ce ?! »

Nous nous sommes tous levés pour l'accompagner à sa voiture. Pas de baisemain pour Bridget, mais une accolade chaleureuse comme à chacun de nous. Sans un mot. Nos amis anglais ont rejoint le château en chantonnant pendant que nous nous éloignions en voiture avec Annamaria.

Notre trajet s'est effectué au ralenti, sans aucun échange, Annamaria conduisant de la main gauche pendant que sa droite caressait tantôt ma joue tantôt mon cou. Quand elle a posé sa main sur ma cuisse, je l'ai guidée tout doucement en la caressant à mon tour. Une fois la voiture stoppée devant sa maisonnette, Annamaria est venue tout contre moi. Je ne sais plus combien de temps ont duré nos ébats, ni combien de fois nous nous sommes aimés. En arrivant dans sa chambre nous nous sommes affalés sur le lit et avons dormi enlacés jusqu'au petit matin. Le chant éraillé et insistant d'un coq de bruyère a fini par nous réveiller. Nous nous sommes déshabillés et après

---

32. Écrivain et naturaliste romain du 1er siècle après J.C.
33. Écrivain et philosophe danois (1813-1855)
34. Locution latine « Dans le vin la vérité »

avoir vidé une bouteille d'eau, nous nous sommes blottis à nouveau sous la couverture et avons dormi ainsi jusqu'à midi. Un appel téléphonique joyeux de Lisa annonçant la venue imminente de nos amis anglais nous a précipités dans la salle de bain. Moins d'une heure plus tard, nous étions tous réunis dans la salle à manger. J'ai surpris une série de sourires complices entre Bridget et Annamaria qui s'est aussitôt installée aux fourneaux pendant la visite des lieux par nos deux architectes. Olivia et Lisa sont retournées à la bergerie. Elles en avaient convenu la veille avec Angela, la fille cadette des fermiers, mais surtout avec ses frères Franco et Tonino, à peine plus âgés que Lisa. Ah ! le beau Tonino. Il a plu tout de suite à Olivia. Elle nous l'a présenté hier en toute fin de soirée, en nous montrant les photos réalisées avec son téléphone dans la bergerie. « Il connaît deux mots d'anglais à peine, mais... pas grave ! » Des yeux clairs, un sourire discret et une coupe stricte de ses cheveux de jais aux reflets bleutés, contrastant avec des sourcils ténébreux et fournis ; tout pour la faire craquer ! Lisa a semblé gênée en surprenant les commentaires enthousiastes de son amie ; un sujet tout trouvé pour les discussions d'avant sommeil. Tôt ou tard, je sais que Lisa voudra en parler, comme le fait Olivia, dont le naturel guide les ardeurs. Elle se sent considérée et tellement stimulée ! « Lisa apprend vite n'est-ce pas ? » Bridget a parfaitement observé le comportement de Lisa au contact d'Olivia ; ses tenues vestimentaires, sa coiffure, son attitude désinvolte n'ont pas échappé à sa mère qui cherche à croiser mon regard plus souvent. Je la rassure en souriant.

Après un déjeuner léger aux saveurs locales, à base d'agneau rôti aux herbes, suivi par une tarte aux myrtilles « à tomber de la chaise ! » selon Olivia, John a déployé une immense feuille de papier gris clair sur l'imposante table de ferme, débarrassée en un tour de main par tous les convives. Je m'étais demandé à quoi pouvait servir cet immense rouleau de papier à peine grisé que John avait emporté et qu'il a déroulé sous nos yeux ébahis. « Les croquis de la matinée, Paolo. » Bridget m'a mis dans la confidence discrètement avant que John ne déroule sa planche. Une multitude de petits tableautins à la mine de plomb et aux craies colorées parsème l'ensemble. Aucune indication technique. Ici, des éléments d'une flore locale en perspective. Au-dessous, le plan d'eau d'une piscine ouvrant sur la forêt lointaine. Un contrechamp projette un séjour spacieux de plain-pied, avec le plan d'eau du bassin en contrebas. Plus haut, les lignes épurées de deux chambres nouvelles au premier étage, donnant sur l'esplanade de la piscine. Annamaria a tout de suite pointé du doigt la façade quasi intacte de sa maisonnette, à laquelle, selon ses souhaits, John n'a presque pas touché. J'ai été surpris par l'habileté de quelques plans consacrés aux matériaux typiques ; diverses briquettes, des pierres blondes et des terres cuites nuancées aux couleurs de la Toscane. Une belle interprétation des tons voisins au cœur d'une nature en liberté, parfaitement imagée. L'architecte s'est vite mis en retrait, à l'écoute des réactions immédiatement traduites en anglais. Il a attendu que Lisa intervienne à son tour pour formuler sa vision d'ensemble, à la suite d'une question pertinente concernant les éléments de confort. Depuis les arrivées d'eau dans les pièces principales jusqu'aux bouches d'aération pour la climatisation, sans négliger les panneaux solaires et autres pompes à chaleur, chaque entité est illustrée en isolant certains détails dans de petits médaillons en forme de loupe. J'ai bien aimé l'élégance stylisée de quelques ornements aux lignes sobres ; librement inspiré du design italien, l'ensemble cohabitant avec la rusticité du bâti. Une autre évidence, la mise en espace a été conçue pour laisser toute latitude en matière de décoration. Annamaria, Lisa et même Olivia n'ont pas cessé de se relayer pour argumenter, questionner ou approuver. À maintes reprises Bridget a tenté de m'interroger du regard. Annamaria aussi, entre deux traductions. John n'est guère intervenu sinon pour souligner certains aspects pratiques ou esthétiques développés par sa femme. Lorsque j'ai émis un premier point de vue plutôt enthousiaste, Annamaria s'est rapprochée de moi en serrant ma main dans la sienne. Lisa a approuvé en souriant à belles dents. Olivia aussi, en hochant la tête facétieusement. Bridget a semblé rassurée. « Paolo, vous ne parlez guère mais quand vous le faites, tout le monde vous suit ! » Une remarque flatteuse qui a le don de me mettre mal à l'aise. Je me suis souvenu alors que j'étais aussi le maître d'œuvre. Le donneur d'ordre. Celui qui, fort de l'approbation générale, devra assumer la bonne fin des engagements financiers. Ainsi, fort maladroitement, j'ai risqué la question que nos amis architectes devaient attendre en matière de coût. John n'a donné qu'une fourchette indicative, à devoir peaufiner avec les entreprises locales. « À la louche, aux alentours de 400 KEuros. » Lisa a interrogé du regard sa copine. Sa réaction a été immédiate, « Des keuros ? Tu multiplies par mille. Disons... quatre cent mille euros environ. » Annamaria a lâché ma main. Le silence qui s'en est suivi a fait place à quelques mimiques interrogatives, alors que cette annonce m'a semblé tout à fait en rapport avec le volume des transformations projetées. Il va s'agir de créer une nouvelle maison vers l'arrière avec des extensions et des commodités du dernier cri, mais sans extravagances.

J'imagine que mes interlocuteurs doivent tout ignorer de ma situation matérielle. Lorsque j'en avais parlé pour la première fois à ma confidente Adeline, elle m'avait mis en garde. Je ne devais pas donner le sentiment d'une trop grande facilité pour disposer de mes avoirs. Elle ignorait que ma mère m'avait inculqué un indispensable savoir vivre en société, synonyme d'une grande réserve par respect des autres. Depuis la petite enfance, j'ai toujours observé que nombre de situations nouvelles en matière d'acquisition se réalisaient par le règlement quasi immédiat des dépenses. Plus tard, j'ai appris que le poste le plus important concernait les voyages en jet privé lorsque nous partions en vacances à l'étranger. Pour le reste, il me suffisait de m'adresser au comptable de la maison lorsqu'une dépense excédait le montant autorisé par mes cartes de crédit. Le plus dépensier, le plus généreux aussi, était mon petit frère Giambà. Chaque fois que j'évoque sa mémoire j'ai la gorge serrée. Il est toujours mon confident. Notre frère aîné Andréa a toujours vogué sur d'autres voies. Il n'aimait pas se confier. Ma chère mère a en souffert en silence, au grand dam de Giambà, notre rebelle chéri. Quant à mon père, en rentrant chaque soir de l'aérodrome épuisé mais toujours ravi, il nous invitait à relativiser. Selon lui, rien de sérieux. Juste une question de caractère. Tous deux s'entendaient sans vraiment échanger. Andréa admirait sa façon de piloter. Pas étonnant qu'il ait choisi l'aéronautique après des études supérieures spécialisées. Une passion vécue en partie par procuration, à la suite d'une sévère défaillance visuelle depuis l'adolescence.

Lorsque j'ai réitéré mon entière satisfaction à nos amis architectes en mentionnant le feu vert de principe de mon Cavaliere de notaire, dans l'attente des plans définitifs, les filles m'ont sauté au cou. Et chose plus surprenante,

Annamaria et Bridget aussi, simultanément, pendant que je donnais une poignée de main chaleureuse à John.

VII

Lors de l'évocation du projet immobilier italo-anglais pour le *Castello*, ni Adeline, ni même mon très estimé thérapeute n'ont émis de réserves. Tous deux m'ont laissé développer les approches, les diversions et autres digressions selon un rituel immuable. Je ne compte plus les distants et récurrents 'Pourquoi' ?... et autres 'Oui' ?... atones, ni même les 'Tiens, tiens' les plus neutres de mon perspicace psychiatre. Pendant chaque séance, mon épreuve ne varie pas. Mais que veut-il entendre au juste ? La substance de certaines relations, la constance des spéculations positives pour ceux que je soutiens, dont j'aime restituer les pratiques, les ambiguïtés et les passions, ne semblent pas satisfaire ses attentes. Que partage-t-il vraiment ? Certainement pas les méandres complexes de mon projet. Est-il en mesure de soutenir mes idées, voire mes équipées en les accompagnant ou en tentant de les relativiser ? Adeline ne s'étonne pas outre mesure. Elle écoute l'envolée de chaque récit en caressant ma main. Elle apprécie chaque élan en respectant mes options. Pour elle, j'agis selon ces pulsions. Elle n'a qu'une seule crainte avouée, le tarissement de ma propre source ; celle qui irrigue ma volonté en ajournant mes déficiences. Lorsqu'il lui arrive d'admettre que sa démarche pourrait malgré tout rejoindre celle du psy à quelques nuances près, je bats en retraite en changeant de sujet. Souvent j'évoque des souvenirs féeriques auprès des miens. Je les lui montre, quitte à les revoir une énième fois, en projetant sur grand écran certains films réalisés en famille dès mon plus jeune âge. Nous nous installons dans l'imposant canapé du salon après avoir réduit la lumière du jour. Adeline ne manifeste aucun signe d'ennui. Elle sourit avec moi ou s'émeut. Parfois elle anticipe certaines actions avec une infinie douceur. Je la sens si proche alors ; et ces images sont aussi les nôtres. Elle apprécie la complicité de ma mère pour ses trois chenapans, avec quelques retenues selon la personnalité de chacun ou les attentes. Les marques d'affection de la Zia Francesca à mon égard l'ont toujours troublée. J'étais son favori et tous en convenaient. Il en allait de même pour Giambà avec notre mère. Notre père jouait davantage avec Andrea, notre aîné plus distant, sans pour autant nous écarter. À l'heure du bain, nos ébats dans la baignoire provoquent toujours chez Adeline des accès de fou rire ; après chaque séance, la pauvre tante Francesca finissait trempée de la tête aux pieds.

Les principaux films réalisés en vidéo par Giambà ont bénéficié grâce à lui des premiers montages électroniques. Il n'avait guère plus de 15 ans et déjà l'étoffe d'un concepteur. Il choisissait ses équipements et se jouait des formules complexes en compulsant des manuels comme un technicien aguerri. L'aboutissement de ses expériences impressionnait bien au-delà des siens. Lors des premières projections, ses invités bruyants envahissaient le salon. Giambà était d'autant plus heureux que sa famille était à ses côtés. Notre chère mère l'encourageait, en tempérant ses ardeurs lorsqu'il s'enfiévrait un peu vite. Mais le plus souvent il parvenait à la tranquilliser. Plus tard, lors de mes premiers voyages à Florence, il était à mes côtés. C'est lui qui m'a aidé à voir au-delà des postures, des images et même à entendre dans l'univers des sons. Giambà était fasciné par des artistes de tous horizons à l'origine du moindre élan créatif, comme son jeune professeur de Lettres Théophile G. prématurément emporté par un sida foudroyant. En fin de semaine, tous deux se retrouvaient dans un bistrot célèbre de la Contrescarpe, dans le 5e arrondissement, en compagnie d'élèves plus âgés et de quelques étudiants.

Le soir venu, Giambà venait me rejoindre dans ma chambre pour m'instruire comme il disait. Ses premiers écrits datent de cette époque bénie. Mais il n'avait pas envisagé de publication. Il était ailleurs, lui. Déjà. Je savais comment dénicher sa production furtive dans le fatras de ses placards. J'étais le seul à y accéder. Il appréciait ma discrétion en sachant que je protégeais son intimité. Parmi les lettres qu'il conservait, figuraient les échanges avec son professeur et ami Théophile dont il me parlait librement. Dans ses derniers écrits, Théophile disait ne pas craindre la solitude dans cette société avide de liens « ... où les relations doivent être constantes, absolues, comme si l'absence des autres était une malédiction. » Il prétendait que l'être humain ne saurait se construire qu'au prix de l'absence. Or notre société nous laisse penser que le maintien de ce lien est plausible et que nous ne sommes jamais seuls. Une illusion selon lui. Parmi d'autres lettres, mon jeune frère conservait celles d'Annabelle, sa meilleure amie de classe. Un échange épistolaire exaltant pour tous deux. En présence des autres élèves ils ne se parlaient guère. Une histoire singulière que tous ignoraient, à l'exception de Théophile qui soutenait cette relation, expression critique de leurs aspirations, de leurs refus. Annabelle vivait avec sa mère après le divorce amiable de ses parents. Son père, un économiste influent, gérant de sociétés, conseillait des hommes de pouvoir auxquels il garantissait des placements à hauts rendements. Au retour de ses fréquents voyages à l'étranger, il couvrait sa fille et même son ex-épouse de cadeaux somptueux. À plusieurs reprises il avait invité Giambà dans les restaurants les plus huppés de la capitale ; non pour l'impressionner mais par simple convenance. Il était au fait de la fortune des De Laurenti. Il ne l'a jamais mentionnée, ni questionné au sujet de la famille. Lors de ces rencontres, Giambà interrogeait le père de son amie sur les sujets sensibles du moment. Les tout derniers évoquaient la situation économique désastreuse des pays émergents et singulièrement, celle tout aussi confuse de la France « ... qui a fait le choix du chômage de masse mais qui emprunte à l'étranger pour payer ses fonctionnaires et ses retraités, sans remettre en cause son modèle social. » L'économiste avait conclu par une assertion perturbante qui avait éloigné Giambà des élèves les plus politisés de sa classe. « Avant toute considération, c'est le réel qui compte, pas la jeunesse ! » Des moments rares pour Annabelle aussi. Elle entendait son ami s'exprimer interminablement. Ainsi apprenait-elle à mieux le solliciter. Giambà admirait son esprit critique et l'encourageait à s'informer, à revendiquer pour innover, persuadé qu'on apprend surtout en dehors de ses zones de confort. Leur enthousiasme mutuel avait pour ambition initiale la qualité exigeante de leurs réflexions. Lorsqu'elle fut admise à Normale Sup, Giambà lui avait fait livrer toutes sortes de fleurs et de fruits exotiques dénichés près de la place d'Italie. Leurs routes s'étaient séparées ainsi. Bien après son décès accidentel, j'ai découvert une série de poèmes qu'il lui avait dédiés sans qu'elle le sache. S'il n'était pas question d'amour, fût-ce platonique, Giambà ouvrait son cœur comme d'autres leurs veines pour crier leur douleur. Son impuissance, face aux défis que la société civile n'a pas su relever, le minait. Pour se rendre utile, il avait fini par rejoindre les services sociaux de l'administration au service des plus démunis, dans l'anonymat le plus strict. Je le relis souvent et continue de l'aimer plus fort en le redécouvrant. Adeline ne m'a pas convaincu de faire parvenir les fameux poèmes à Annabelle. Il est bien trop tôt. J'ai tellement à faire auprès des miens ; et même si je sens qu'il le déplore, mon psy ne s'y est jamais opposé.

Dans les malles de mes parents, j'ai découvert après leur disparition en mer, toutes les lettres qu'ils avaient échangées avant leur mariage. Je peux affirmer que je sais d'où nous venons mes frères et moi, pour avoir tous tellement reçu avant de naître ; et on voudrait me couper de ces racines pour ensemencer d'autres champs ?! Non que je sois inapte au bonheur et insensible à celui des autres. Je peux l'imaginer, le projeter, voire bouleverser mes désarrois, mais sans jamais renoncer. Je m'y emploie depuis ma récente sortie de Sainte Anne, à mon rythme. J'ergote, je tempère, en souscrivant aux attentes de mon entourage sans trop le heurter. En fait, j'ignore tout de mon atavisme italien. Je le découvre timidement grâce aux sollicitations répétées de maître Criscolli, suivant en cela les consignes probables de la faculté et celles de mes proches. Lorsque je façonne ce chemin, la Toscane au cœur, chacun répond par son silence ou ses caresses. Au fil des épreuves, je me suis approprié la plus infime actualité en provenance du *Castello*. Je dispose même d'une série de clichés anciens de ma propriété transalpine. Ils illustrent un opuscule dédié à l'histoire de ce *Castello* si différent. On y vante le caractère et les mérites de la fameuse Charte, le rôle de ses nombreux 'paysans-propriétaires' et de ceux dont le patronyme témoigne encore des origines et des mutations patrimoniales successives. De fait, je suis ce garant honorifique auquel on s'adresse avec déférence. À distance, j'ai appris à expérimenter le rituel des traditions mentionnées par le chaleureux 'Dottore-Cavaliere-Avvocato' Criscolli. Ainsi a pris forme la vie rêvée de mon château en Toscane, avec ses portraits, ses embarras, ses joies supposées et sa kyrielle d'illusions aimables. Non, je n'ai jamais pu tricher avec mon journal de bord et mes amis n'ont pas été dupes. Je sais bien que tous espèrent un engagement tangible. Le premier frémissement d'un envol résolument toscan.

Le fabuleux projet immobilier follement audacieux sur les terres de mon *Castello* a sonné l'heure d'un profond réveil. Un soir, sans la prévenir, je me suis rendu chez Adeline. Sur le pas de sa porte, elle a marqué un premier temps d'arrêt. Nous nous sommes longuement observés. Puis elle est venue vers moi en m'enserrant dans ses bras. J'ai senti son corps épouser doucement le mien au contact de sa robe de chambre soyeuse. « Il est bien tard Paolo !... Viens. » Après une longue douche commune aux effets revigorants, nous avons rejoint son canapé si raffiné. Elle a posé sa tête sur ma poitrine. Ni l'un ni l'autre n'a éprouvé le besoin de parler. Nous sous sommes longuement embrassés ; et au cours d'un enlacement paisible succédant à nos ardeurs, « Paolo... Dis-moi !... » Après un temps indéfini, je lui ai indiqué ma lourde sacoche au pied de mes affaires sur le fauteuil opposé. « Je te l'ai apporté... mon journal. » Adeline s'est à nouveau blottie contre moi, ses lèvres effleurant mon cou. Après un nouveau silence, « Tu aimerais que je le découvre ?... C'est bien ça ? » J'ai hésité encore longuement. Elle attend cela depuis si longtemps ! Mon psy, lui, aimerait que je mette des termes sur mes galères, mes refus. C'est sa thérapie. Celle de l'espoir dont je suis dépourvu. Hélas pour lui, je crains qu'il enregistre des regrets. Mes tourments me soutiendront aussi longtemps que je dépendrai de la mémoire des miens, de leurs vies inaccomplies dont je suis le gardien. Au chaos généré par la mort de mon malheureux cadet a succédé la perte de mes parents chéris ; et brutalement, plus de famille près de moi ! Andrea, mon ainé, toujours entre deux avions, a fini par espacer ses visites après mon internement.

J'ai toujours à l'esprit le désarroi mortifié de ma pauvre maman. Elle avait offert « ... cet engin de malheur ! » à son Giambà peu de temps avant le drame. Les premiers temps, elle venait tous les soirs dans ma chambre. Inconsolables, nous évoquions la fulgurance de cette étoile déchirant notre espace. J'avais fini par lui parler de ses écrits. Pas tous. Ceux qui auraient pu la soulager. Mais avec le temps, j'ai la certitude d'avoir amplifié la béance. Sa locution s'était altérée et son teint assombri. En fin de journée, au retour de son petit aérodrome, mon père tentait de nous apaiser malgré des silences soumis. Andrea était absorbé par ses études à Toulouse. Décidément, l'aviation l'aura bien ménagé.

Parmi les poèmes préférés de Giambà, ma petite maman en avait retenu quatre qu'elle retrouvait le soir sur sa table de chevet ; des petits poèmes dédiés à son professeur de chant lors de son départ à la retraite, « ... pour célébrer quatre années de bonheur à ses côtés » m'avait-il confié. Le jour où je les avais montrés à Adeline, elle avait mieux admis mes élans admiratifs et le trouble immense qui continue de me submerger. Un jour, en découvrant mon journal, mon psy aussi appréciera. C'est pour lui et pour lui seul que je les ai transcrits.

1 Complainte d'Automne

Pourquoi et pour qui ces brebis égarées ?
Là-bas, les ombres s'étirent, serpentent et rougeoient,
Et déjà les premières maisons resserrées sous le bois.
Vois le pastoureau, tout derrière sa troupe,
Des herbes pimpantes aux colliers des agneaux,
Avec son port de voix bêlant
Sous les voûtes qui enjambent sa route
Une dernière fois.
Le Berger veille, au soir d'un été qui s'éteint
Aux flambeaux,
Et lui seul, de sa trop longue route
Pour goûter au repos.

2 Sarabande

Au village emmitouflé, l'horloge déraisonne
En rajoutant une heure à celle des nouveaux nés.
C'est le temps comptable des béotiens respectables
Aux accents citoyens.
À l'âtre, la cendre calcine encore ses chênes odorants.
Tout là-haut, les cheminées halètent en même temps
Leurs blanches bouffées.
Et toi, Berger, tirant sur ta pipe,
Grésillant tout ton saoul,
Tu surprends l'avalanche des heures dévastant tout,
Tes vingt ans, Berger,
Tes vins blancs et tes hivers d'antan.

3 Plain-chant

Tu n'es pas seul, non, à fixer les étoiles,
Entends-tu leur 'frou-frou' ?
Il n'est pas monocorde et si peu « mono-gamme ! »
Il me souvient encore des étés les plus fous
À scruter les plus faibles, à porter au plus haut
La voix des innocents,
Dans ton jardin fleuri au printemps permanent.
Alors nous partions confiants,
Agrippés aux anneaux d'un cordage fragile,
Toi devant
Pour unir notre chant à celui si facile
De nos emballements.

4 Répons

Au premier de cordée
Sous la voûte céleste nous accordions nos pas,
Et déjà au-dessus des nues
Tu projetais ta voix.
Nous l'attendions, Berger, nous la sentions.
Oui ! Nous la portions.
Que de combats et de bonheurs
À espérer des signes
Lorsqu'enfin, nous allions te rejoindre
Pour chanter, Hommes libres,
Les mystères, les refrains,
De tous les hymnes à la joie.

Le lendemain de ma soirée avec Adeline, j'ai dû
assurer une traduction au pied levé sur la crise

financière annoncée, du fait de l'hypothétique sortie de la Grande-Bretagne du giron européen. Mais sitôt privé de mon journal intime, tout m'a semblé redevenir incertain, dérisoire. Comme si je n'existais plus autant ; avec le sentiment d'un anonymat coupable, ayant, dès l'aube, abandonné les miens. Alors, j'ai songé à la quiétude dont je jouissais à Sainte Anne pour me dispenser de cogiter.

Certains épisodes saisissants, parmi ceux relatés en Grande-Bretagne ou au *Castello* se sont imposés à moi naturellement. S'ils ont influencé mes ardeurs au plan moral, ils ont dû troubler Adeline autant que moi lors de leur rédaction. J'avais bien rendu compte de chaque péripétie, mais sans préciser les intentions livrées à mon journal complice, auquel mon psy savait que je confiais mes représentations. Les révélations les plus habiles ont toujours favorisé l'écrit. Je sais qu'Adeline saura lire entre les lignes, en discernant le bout de mon tunnel sous la manche et celui non moins virtuel de mes traversées des Alpes pour rejoindre le pays toscan. J'ai tout bien imaginé pour tenter de tout percevoir ; tout tester avant d'aller plus loin, plus haut et si possible avec ceux que je porte. Je sais aussi que je n'aurai pas le courage de franchir seul certains obstacles. De toutes parts on m'implore de briser mes défenses. Pour mon bien, répète-t-on, ce dont je n'arrive pas à me convaincre. Lorsque mon amie est venue me rendre mon volumineux journal, elle m'a souri, un brin soucieuse. « Tu sais que je serai toujours là. Sache que je me suis préparée. Il nous faudrait peu de temps pour bouger. Parle avec ton psy une bonne fois, même si tu ne peux pas tout dévoiler. »

Je me suis rendu chez mon psy peu de temps après, mon pesant journal sous le bras, mais soigneusement emballé pour le lui remettre subtilement. Pas question de le lire en ma présence, ni de le feuilleter. Ce qui compte pour lui, c'est le verbe ; comme si le reste ne le concernait pas. Il veut que je sorte de mon abri parisien où j'enferme mes mots et mes projets. Est-ce pour guérir de l'emprise de ceux qui m'ont tout donné, tout appris ? Pour aller voir dans cet ailleurs merveilleux où l'on me dit que tout m'attend ? Une nouvelle vie en somme. Pour m'éloigner un peu ou définitivement ? Après une nouvelle nuit blanche à ressasser les sempiternelles épreuves, j'ai franchi un premier pas. Celui de la parole active. Non pour dire ce que je vais faire, mais pour tenter de faire ce que j'ai dit ou pensé. À peine franchi le seuil de son confessionnal, comme s'en amuse mon thérapeute, ses petits yeux malicieux ont aussitôt tout saisi, tout reçu. Je lui reste infiniment attaché pour cette raison aussi. Je sais bien qu'il m'aide autant que je lui résiste, en sachant tous deux que rien n'est jamais acquis. « Cher Paolo, posez votre volumineux journal. Installez-vous. Vous me direz ensuite pourquoi vous me l'avez apporté. » Je m'attendais à cette entrée en matière. Je savais aussi qu'il ne parlerait plus, en dehors de quelques onomatopées, de quelques rebuffades "borborygmiques" dont il a le secret. Il m'est arrivé de lui tirer la langue. D'abord furtivement. Puis, ostensiblement, lors de séances où il semblait satisfait de mes reparties, aussitôt transmuées en fausses pistes. La seule fois où j'ai évoqué la religion, il m'a écouté ; et mes silences ont vite rejoint les siens. Sauf à gommer les acquis les plus précieux et les devoirs absolus de mémoire, il ne saurait y avoir de place pour un 'éternel-immatériel' rédempteur ou supposé tel. Pas après la perte d'un frère à ce point unique et la brutale disparition de mes parents, des êtres considérables. Ils se prorogent en moi. Ils sont l'âme de ma vie et je n'irai en paix qu'avec leur esprit. Voilà bien ma spiritualité. Oui, il est question ici de ma foi. De ma nature. Il suffirait de l'accepter pour m'autoriser à voir plus haut. Giambà avait cette expression que je revendique aussi. « L'état est laïque, pas la société. » Une rare leçon de tolérance pour celui qui ne croyait pas.

En quittant le 'confessionnal' au terme de deux heures d'un quasi soliloque, je me suis empressé de récupérer mon journal sous l'œil amusé de mon psy. Il en a assez entendu et n'aura plus à craindre de subterfuges. Toutefois, il m'a fait part poliment de son intérêt pour mes écrits, quand j'en aurai fini avec mes errements et mes tourments.

En m'efforçant de ne rien omettre, les mots qu'il attendait ont surgi posément. Chacun de mes voyages virtuels, la moindre anecdote, le souvenir de mes lectures sur le passé du *Castello*, chaque rumeur et ma connaissance des matières plus techniques, tous les sujets, je dis bien tous, ont bénéficié des apports les plus plausibles ; jusqu'aux cassettes vidéo les plus osées que ma tendre Adeline m'avait procurées sous le manteau pour ranimer ma libido. Tout m'a inspiré au point de tout voir, tout entendre. Tout ressentir depuis chez moi.

Lors des toutes dernières séances à Sainte Anne, je n'ai toujours pas compris pourquoi mon zélé thérapeute a fait mine de s'intéresser à mes fréquentations féminines d'avant mes études artistiques en Toscane. Il est vrai que j'ai souvent fait état de sympathies masculines. Je m'en suis donc tenu aux amourettes de circonstance lors de sorties avec les amies de Giambà. Puis j'ai évoqué tout aussi sobrement une série de rencontres singulières à l'université. Des émotions, des contrastes physiques sans distinction d'âge, d'ethnie, de confession ou de condition sociale. Seuls le hasard et ma résolution pour appréhender l'étonnante diversité du génie féminin en ont décidé. Une altérité salutaire insoupçonnée, brutalement brisée par mes tragédies familiales. Plus tard, bien plus tard, Adeline m'a extirpé de mon abîme. Je lui dois tout. Enfin beaucoup. Mais pas à mon psy. Pas sur ce terrain.

Avant le drame, je me souviens d'avoir rêvé d'une famille bien à moi. À mes côtés, une petite fille aussi adorable que sa maman ; et tous trois nous aurions voyagé jusqu'aux antipodes pour comprendre notre monde ; avec ses mystères, sa florissante diversité biologique, ses innombrables contrastes humains. Chaque jour nous aurions célébré Dame Nature comme un acte de foi, y compris au contact des communautés les plus primitives. Nous aurions écrit pour témoigner, pour instruire, en rapportant les échanges que ma fille aurait suscités au long des épreuves ; pour illuminer sa vie et celle de ceux qui ignorent les sources vraies d'un bonheur protéiforme parce que divers. Jusqu'au jour de mon internement, cela ne m'a pas semblé irréaliste. Mais les mois et les années passant, j'ai fini par admettre l'abstraction complaisante de l'utopie. J'en ai joué longtemps. Trop peut-être ? J'en doute encore après l'interminable confession du jour. « Une étape essentielle, comme un tremplin, sans autre gage d'avenir ; mais un avenir immanent à édifier au jour le jour. Et... Droit devant ! » m'a asséné mon psy devenu tout fringant, l'index projeté vers la lumière du jour avant de me raccompagner.

J'ignorais qu'Adeline viendrait à ma rencontre en sortant de Sainte Anne. J'aurais pu m'en douter. L'expression à ce point détendue de mon psy en fin de séance aurait dû me mettre sur la voie. Pour lui, la fin d'un calvaire j'imagine. Après des années d'un accompagnement malaisé, toujours dévoué, le voici à la fin d'un processus libérateur. Je le sais suffisamment lucide pour ne pas crier victoire. Il est parvenu à m'entendre requérir une nouvelle étape dans ma vie ; et même si cela concerne ma modeste condition, j'y vois un indéniable succès pour la thérapie de l'institution. Mon psy s'en est défendu en répétant qu'il s'agit d'un avantage pour mon seul profit, sans ignorer le contexte encore fragile d'une libération par la parole. À la réflexion, après mes dernières confidences, je crois bien que nous misons tous les deux considérablement. Il sait tout de mon existence chancelante en tablant peut-être sur un signe du destin, plutôt imprévisible. Adeline a peu parlé. Sous une pluie fine, elle a passé son bras sous le mien et d'un bon pas nous avons rejoint la station de taxi la plus proche, en indiquant au chauffeur en attente l'adresse d'un établissement hôtelier réputé de l'avenue Georges V. Une adresse élégante pour un rendez-vous annuel exceptionnel depuis mes premières sorties de Sainte Anne. Ici, nous avons célébré mes plus infimes avancées, considérées par mon amie comme des « progressions-malgré-tout. » Nous nous satisfaisions d'un buffet dînatoire à proximité de la pianiste de service, dans le hall central qui conduit au restaurant. Mais aujourd'hui, Adeline a conçu toutes les étapes d'une authentique soirée événementielle, depuis le rituel d'un apéritif gourmand au salon Empire, jusqu'au souper dans un décor floral majestueux, sous les lambris d'une vaste salle à manger d'époque Louis XV ; et pour clore le cérémonial, l'annonce solennelle de la réservation d'une suite au premier étage après le souper. À bonne distance de notre table, pas moins de quatre personnes pour veiller discrètement au service. L'annonce détaillée de la composition du festin nous a laissés sans voix. Quant aux saveurs inouïes de chacun des mets, je ne suis pas prêt de les oublier. Le sommelier a eu le bon goût de nous présenter les vins les plus remarquables du moment, en nous faisant goûter trois grands crus différents. Une faveur dont j'ignorais la pratique. À chaque gorgée, Adeline a observé mes réactions et l'instant d'après elle a pouffé légèrement en appuyant sa main sur ma cuisse. Nous avons finalement opté pour un vin de Bourgogne léger, fruité à souhait. Nous n'avons pas échangé une seule fois au sujet de ma consultation. Il faut dire que tout a été pensé pour que nous n'ayons pas à le faire. Adeline s'est surpassée ; et malgré la caresse discrète de sa main, je prends peu à peu conscience de certaines résolutions ; de quelques échéances relativement proches. Bientôt il me faudra agir, appeler, planifier. Bouger, quoi.

Mais ce soir, je profite d'un temps de pure magie. J'observe l'expression des serveurs, des autres usagers, pendant qu'Adeline continue de me câliner. Bientôt, je n'hésite plus à me dépayser, en jouissant de l'instant présent. Une émotion duelle improvisée. Je me projette en Toscane bien sûr, dont j'ignore tout des réalités de ce *Castello* fantasmé. Adeline ne parle pas. Elle semble suivre ce cheminement sensible fait de charmes aux notes complices. De temps à autre nous nous sourions gentiment et reprenons aussitôt nos avancées feutrées, pendant les indications susurrées du maître d'hôtel, le ballet de la brigade des assistants, la mutation des éclairages devenus tamisés avant la ronde des desserts, des cafés les plus rares, des décoctions subtiles dont certaines aux effluves mentholés.

« La Toscane ne saurait te décevoir, Paolo... Aime-la. Bientôt elle te portera ! » Une fois encore, Adeline a trouvé des mots clairs, exaltés. Sous la nappe, sa main s'est légèrement crispée. J'ai pressé ma main sur la sienne en appuyant à peine en signe d'harmonie.

En entrant dans notre suite aux tons pastel, des éclairages automatiques se sont actionnés dans chaque pièce, pour un parcours initiatique sans repère objectif. Adeline est venue se blottir contre moi pour admirer chaque détail, chaque œuvre d'art. Dans la chambre, au lit démesuré légèrement surélevé, Adeline est entrée la première ; elle s'est agenouillée sur un rebord du lit ; puis elle s'est penchée en caressant au ralenti la literie soyeuse de ses joues. Nous ne nous sommes pas déshabillés. Je savais qu'elle m'attendrait ainsi. Un élan puissant nous a emportés sur les rives d'un fleuve nouveau, avec ses crues subites, ses longs soubresauts répétés et de puissants débordements. Brusquement, je l'ai entendue s'étonner en me nommant. J'ai donc insisté. Elle m'a attiré vivement en me plaquant à elle tout en initiant un mouvement cadencé. Lorsque nos corps ont fusionné, c'est moi qui l'ai maintenue, sans ménagement ni dureté ; et dans un ultime élan, nous nous sommes affalés à demi inconscients. Non ! Jamais on ne s'est aimé aussi pleinement.

Au beau milieu de la nuit, lorsque sa respiration s'est ralentie en vibrant légèrement, j'ai eu encore envie de me connecter à cet énigmatique *Castello*. Comment ne pas me souvenir de mon premier appel téléphonique à maître Criscolli et sa façon de détailler fièrement les syllabes de son mémorable Cas-Tel-Lo !... La présentation de certains personnels et la description des coutumes emblématiques de ce vaste domaine qui m'appartient un peu... Puis Antonio, son régisseur si dévoué aux moustaches exubérantes.... La célèbre Charte et ses nobles traditions à l'égard de la famille d'origine, dont l'exemplaire reçu figure en annexe de mon journal.

Je n'oublie ni les transformations écologiques projetées, ni les drames humains dont maître Criscolli m'a rendu compte. Je ne sais pas grand-chose des personnels concernés ; et notamment de la veuve de l'un des gardiens, décédé des suites d'un accident de moto.

Étonnamment, je n'éprouve plus d'aversion ni de mouvement de retrait à l'idée de me rendre là-bas, en ignorant tellement de ces lieux étrangers sinon étranges, si éloignés de mes passions vraies !

Adeline, ma seule raison d'être est avec moi ; et bientôt nous partirons.
Lui ai-je suffisamment dit que je l'aime ?

VIII

En atterrissant à Florence nous avons vainement cherché des repères. Adeline n'était pas revenue depuis des années et moi, depuis la fin de mes études artistiques, lorsque mon petit Giambà m'y avait encore escorté. Ici, peu de nostalgie. Le temps et les écueils de nos vies ont déjà gravé leurs sillons. Dès lors, nous débarquons en terre quasi promise sans grand a priori, pour explorer d'autres chemins. La veille, nous avions été informés de l'indisponibilité passagère de maître Criscolli. Je me suis souvenu que mon psy avait évoqué un lourd handicap physique le concernant, sans autre précision. Son représentant, le régisseur en chef Antonio à la moustache altière, campait sur ses jambes robustes dans le hall des arrivées, un écriteau nominatif manuscrit bien en vue. L'inscription « DOTTORE DE LAURENTI » n'a pas manqué son effet auprès de ma compagne. Les titres ronflants prévalent encore dans la péninsule. Ils sont surtout flatteurs pour ceux qui les adressent. Cela rassure et le plus souvent, cela valorise. Nous avons eu droit à un accueil déférent quelque peu réservé. Dans l'avion, Adeline m'avait taquiné en énonçant certains agréments prévisibles du voyage toscan, mais en insistant sur son aspect "découverte du réel" pour éviter toute déconvenue. Je l'avais rassurée. Les digressions confiées à mon journal, leurs projections enthousiastes, voire extravagantes, dont certaines singulièrement tangibles, ont été inspirées par les événements rapportés du *Castello* par mon notaire. Nonobstant, je sais gré à Adeline de m'accompagner. De me soutenir. Nous savons tous et mon psy mieux que d'autres, que rien n'est assuré. Aurai-je l'énergie suffisante pour ne pas reculer ? Serai-je vraiment disponible pour écouter, compatir, prodiguer ? Oui, partager, alors que les miens vont rester esseulés sans moi et partant, négligés. J'avais prévenu Adeline ; mon journal me suivra encore partout. Je dois témoigner de ce réel tant exalté par mes soutiens ; et je suis prêt à observer pour tout percevoir. Tout ! D'autant qu'Adeline ne restera pas longtemps en Italie, en raison d'une audience exceptionnelle à l'encontre d'un ancien ministre en délicatesse avec le fisc.

La route pour parvenir au *Castello* m'a paru interminable et les premières chaleurs de la saison, pénibles, le mini van conduit par Antonio ne disposant pas d'une climatisation efficace. Sur le parking de l'aéroport, j'avais repéré ce véhicule de transport collectif assez vieillot, avec des petites roues de conception japonaise, pouvant transporter six personnes au plus dans un confort tout relatif. « Les amortisseurs ! » m'a lancé Antonio à regret, en frôlant le bas-côté d'une chaussée en mauvais état. Après une rapide inspection, j'ai remarqué vers l'arrière de la voiture quelques accrocs sur les accoudoirs en skaï ; et au sol, un revêtement plastifié tout sablonneux. Adeline m'a invité discrètement à observer le paysage. « Où en sont les travaux de la terre en cette saison et notamment ceux du vignoble, Antonio ? » Tout sourire, le régisseur a aussitôt retrouvé un certain allant et une expression de sympathie communicative. Pour dire vrai, je ne m'attendais pas de sa part à une explication concise aussi accessible. Nous apprenons que la vigne est en pleine floraison avant la phase principale de fructification. Puis, à la suite du palissage, consistant à orienter les rameaux vers le haut pour faciliter la photosynthèse, succèdera le rognage, afin d'obtenir un vignoble très régulier en taillant les extrémités ; et enfin, l'effeuillage, pour éliminer les feuilles à proximité des grappes, en augmentant l'ensoleillement et l'aération pour une meilleure maturation des baies. Des précisions données sur le ton de la simplicité et de l'évidence, Antonio joignant comme il se doit la gestuelle méridionale aux expressions locales imagées.

À l'approche de l'imposante bâtisse – j'ai gardé à portée de main le vieux dépliant transmis par mon notaire – Antonio m'a semblé plus nerveux. Au détour des derniers lacets, il n'a eu de cesse de nous indiquer le sommet des deux hautes tours du vieux *Castello* entrevues furtivement. Adeline a lâché ma main lorsque le véhicule a quitté la départementale pour emprunter la fameuse allée aux cyprès immenses. Le mini van s'est arrêté à proximité de l'entrée principale. Nous sommes restés sans voix au pied de ce château d'un autre temps. Beaucoup de pierres disjointes ou dégradées, quelques cassures aux angles nord de l'édifice, des ornements manquants aux linteaux des fenêtres et une couleur d'ensemble assez terne, avec çà et là, des marques de salissures grisées d'humidité. À gauche de l'entrée, en retrait, une porte vitrée de taille modeste a fini par s'entrouvrir. Antonio nous a présenté Ida, la gouvernante du *Castello* venue à notre rencontre ; une femme d'âge mûr à la chevelure flamboyante, aux traits encore juvéniles et une expression naturelle un rien austère. Nous étions attendus dans une vaste cuisine faisant office de salle à manger. Deux jeunes employées nous ont salués sobrement avant d'emporter nos valises à l'étage. Après quelques rafraîchissements et une assiette de mini sandwiches au saucisson et à la tomate saupoudrée d'origan, Antonio nous a informés du déroulement de la fin d'après-midi, consacrée à une visite succincte du domaine, suivie d'un souper en notre honneur en présence de maître Criscolli. Lorsque nous nous sommes retrouvés dans notre chambre, celle mentionnée dans le dépliant comme « la chambre bleue François 1er » je me suis précipité dans la salle de bain au confort rustique, voire spartiate. L'impression est la même partout. Du confort des équipements domestiques à la décoration d'ensemble, jusqu'à la banalité du mobilier, tout ici semble avoir été voué aux usages agrestes des années 50. En revenant dans la chambre, j'ai surpris Adeline en train de pouffer, la tête enfouie dans l'immense coussin de la tête de lit. « Paolo, tout ça n'a que peu d'importance. Attendons de découvrir les installations de la production viticole, hautement reconnue et labellisée. Tu es ici chez toi, mais à la campagne ; il va falloir t'y faire. Oublie le confort du 7e arrondissement, tes conférences, tes habitudes. Oublie tout ! » Elle a aussitôt ouvert nos valises pour me proposer une tenue légère mieux adaptée. Je l'ai observée en silence, quelque peu interdit. Elle est ici comme chez elle et moi, comme le plus maladroit des hommes. Adeline n'a pas fini de me surprendre. Après les derniers rangements, nous nous sommes douchés et relaxés sur le grand lit à baldaquin ; mais le bruit des ressorts et l'irrégularité des zones de confort du matelas ont eu raison de notre repos. Cette fois, c'est moi qui ai ri de bon cœur.

Nous avions convenu de rejoindre Antonio peu après notre installation. Il nous attendait au volant d'un 4x4 plus moderne, très confortable. Plus technique aussi. Un modèle surprenant après nos premières épreuves motorisées. À peine franchie la ligne de crête où domine la terrasse circulaire du vieux *Castello*, nous avons dévalé une route de liaison empierrée en parfait état, invisible depuis la départementale. De tous côtés, des parcelles de vigne, des rangées alignées au cordeau, des équipes de vignerons parfaitement coordonnés dans leur progression ; et partout, des saluts joyeux exubérants. Après deux bons kilomètres, nous nous sommes arrêtés sur un vaste plateau aux accès goudronnés. À peine sortis du véhicule, nous avons observé, interloqués, un ensemble immobilier constitué de plusieurs corps de bâtiments ultramodernes où dominent le verre, l'aluminium, le bois clair, les tuiles colorées et même l'ardoise par endroits. « Voici le temple du *Castello* ! Ici, nos laboratoires, là nos bureaux ; à l'arrière, une route privée destinée aux expéditions ; et tout au fond, en contrebas, nos caves centenaires avec nos chais les plus précieux. Notre Chianti est un produit raffiné que nous conditionnons pour les contrées les plus lointaines. » Au ton solennel emprunté par Antonio, j'ai pris conscience des réalités d'un domaine dont mon notaire me vantait à distance les évolutions et les entreprises multiples aux retombées internationales. Mais alors, quel sens donner à l'image surannée d'un château quasi historique connu de tous, en le laissant ainsi « dans son jus ! » aux dires d'Antonio lors de notre arrivée ? En approchant des caves, notre guide m'a soufflé que nous n'étions pas au bout de nos surprises. Après avoir franchi l'un des portails sécurisés, nous avons pénétré dans un local aux allures de cathédrale par ses dimensions et sa fraîcheur. D'immenses tonneaux de chêne nous entourent de part et d'autre d'une allée centrale interminable. Les cavistes viennent saluer Antonio et se décoiffent à notre approche. Il ne fait guère de doute que nous étions attendus. Adeline s'est rapprochée d'Antonio pour lui demander, non sans malice, si une dégustation était envisagée. La réponse ne s'est pas fait attendre. En empruntant une allée parallèle, nous arrivons dans le salon consacré aux clients du *Castello*. Les flacons de diverses armoires faiblement climatisées nous sont présentés par l'œnologue de service. J'ai été impressionné par les connaissances de cette jeune spécialiste, depuis l'étude des sols, l'influence du climat et de ses caprices, les examens en laboratoire de la production de chaque parcelle, la gestion des différents personnels lors des phases d'interventions saisonnières, l'implication des vignerons pour satisfaire aux évolutions du terroir, depuis sa récente transformation en domaine "Tout Bio" ; jusqu'aux tracasseries administratives de certains pays pour le conditionnement des produits. Si bien que nous avons fini par tremper nos lèvres dans un premier verre de chianti dûment attendu. Fort heureusement, de petits encas ont accompagné la dégustation, limitée à un demi-verre pour goûter à différents crus. Adeline jouit d'une connaissance avérée en la matière qu'elle doit à son père, « grand amateur devant l'Éternel » comme il se gaussait. À chaque gorgée nouvelle, je me suis rangé aux avis de ma compagne, en côtoyant la perfection à maintes reprises. Il lui a fallu franchir cette étape pour apprécier le faste technologique des installations, leur volume, leur sophistication. Elle a fini par murmurer qu'il serait vain de douter de la bonne gouvernance du domaine. Certes, elle avait lu la fameuse Charte et déjà, la régularité de la gestion lui avait semblé proche de celle des coopératives qu'elle avait auditées ; mais ici sans grande surprise, l'entreprise appartenant pour une large part à ses nombreux exploitants.

Sur le chemin du retour, j'ai demandé à Antonio de nous arrêter auprès d'un groupe de viticulteurs en train d'opérer dans le vignoble ; un premier contact pour exprimer notre satisfaction reconnaissante, après la découverte de quelques "pépites" de la production. Le responsable du premier groupe approché – un colosse aux mains puissantes – a tenu à nous présenter ses collaborateurs. Des femmes en grande majorité, dont l'une un peu à l'écart parlait à sa fille, une jeune adolescente taciturne en train d'ajuster sa sandale. « Annamaria, viens saluer le docteur de Laurenti ; et toi aussi Lisa. » Antonio s'est rapproché de moi pour me souffler à demi-mots qu'il s'agit d'une jeune veuve et de sa fille, durement perturbée par le décès brutal de son père à moto. J'avais appris ce drame par mon notaire lors d'un échange par correspondance. Sachant mon goût pour les langues, il avait mentionné les dons de la fillette pour l'anglais. Comment aurais-je pu l'oublier ?! Mais ici, le choc est d'une autre nature. Annamaria n'est pas du tout celle que j'avais imaginée. J'ai observé, non sans embarras, une corpulence trapue avec des bourrelets de chair autour de la taille ; pas de coupe de cheveux, sinon des amas clairsemés et raides tombant sur un cou puissant aux replis rebondis. La jeune femme a baissé la tête, sa fillette cachée derrière elle. « On m'a dit que Lisa a des facilités pour les langues.... Pour l'anglais notamment. » Annamaria a approuvé en remuant la tête, les yeux toujours baissés. Antonio s'est avancé vers elle en lui parlant doucement ; puis il nous a invités à rejoindre le château pour l'accueil de maître Criscolli. En quittant le groupe, je me suis rendu compte que Lisa avait la tête penchée dans ma direction. Je lui ai adressé un petit signe de la main. Chemin faisant, Antonio nous a indiqué la maisonnette de la jeune veuve, aux limites des terres cultivées de la propriété ; une modeste chaumière adossée aux arbres d'un massif forestier. Annamaria est chargée notamment, comme l'était son défunt mari, de l'entretien et de la surveillance du bosquet attenant. Dans le véhicule qui nous transporte à vive allure, Adeline a gardé ma main dans la sienne en la comprimant. En ces instants, nous pensons vraiment en termes identiques. Tant d'événements, tant de questions encore ; et cette pauvre veuve désemparée si différente !

Nous venions de nous installer au salon avec Antonio et le chef comptable, un homme aussi courtois que réservé, lorsque la gouvernante est venue annoncer l'arrivée de maître Criscolli. Nous nous sommes aussitôt levés à la suite d'Antonio pour rejoindre la cour d'honneur, en direction d'une limousine spacieuse. Le chauffeur est allé positionner un fauteuil roulant devant la portière arrière de la voiture. Il n'a eu aucun mal à y installer son passager, un petit homme filiforme, aux lunettes épaisses surdimensionnées. Antonio, après l'avoir salué avec empressement, a débuté les présentations en commençant par moi. Maître Criscolli, dont j'ai reconnu la voix claire et timbrée, s'est excusé pour son absence à l'aéroport, retenu par sa lourde charge. En homme galant, le Cavaliere a baisé la main d'Adeline en lui confiant que notre venue avait été espérée et commentée par toute une région. Quant à son état de santé qui semblait me préoccuper, il a sobrement évoqué une paralysie spinale des membres inférieurs à l'adolescence. Sa famille, puis ses assistants-chauffeurs successifs ont toujours pris les bons relais pour l'épauler et l'accompagner. Bientôt, sa bonne humeur, son humour raffiné et son immense culture – j'ai conservé toutes ses lettres – ont eu raison de nos inquiétudes.

« Qu'avez-vous pensé de votre première visite ? » Nous lui avons fait part de notre enchantement pour la tenue de l'exploitation, sa modernité et la qualité de sa production viticole. Sans surprise ni fausse modestie, le Cavaliere nous a suggéré d'autres itinéraires pour accéder aux différentes productions du domaine. Antonio a confirmé qu'il serait notre guide dès le lendemain et qu'ensuite une voiture serait à notre disposition pour nous laisser libres de nos mouvements. Avant de passer à table, nous avons dégusté de délicieux feuilletés truffés lors de d'apéritif, suivis par une farandole de petits légumes du domaine, assaisonnés au goût de chacun. Une autre découverte qui a ravi Adeline, à la satisfaction de maître Criscolli, un adepte fraîchement converti à la culture bio depuis la transformation du domaine. En nous rendant à la salle des fêtes en vue du souper, j'ai osé une question sur l'aspect partiellement dégradé de la façade de l'édifice. « Mon cher Paolo, la communauté en a décidé. Ce qui importe, c'est le souvenir et le respect des origines. Toujours savoir d'où l'on vient pour comprendre où aller et avec qui ! Ce n'est pas en ménageant de vieilles pierres qu'on améliorera la qualité de nos produits. Les agriculteurs qui nous rejoignent ne viennent pas ici par hasard ; tous savent gré aux premiers bâtisseurs d'avoir donné une âme à leur projet collectif. La toiture de cette vieille bâtisse est en parfait état. Les salles de réunions, vous le découvrirez, bénéficient d'un design et des équipements vidéo et informatique du dernier cri. On pourrait améliorer le confort intérieur des pièces vacantes ; mais pour faire quoi ? Pour plaire à qui ? À l'exception des gardiens qui occupent un logement annexe, personne n'habite ici. Notre vieux *Castello* est un symbole fort, mais avant tout un lieu d'action. Toutes les décisions, tous les projets émanent de ces vieilles pierres. Elles ont une âme bienveillante précieuse. Je sais votre formation et votre goût pour les choses de l'art. Mais à moins de vivre ici avec nos artisans, vous n'obtiendrez pas leur soutien pour restaurer l'inutile comme ils disent... »

À ces avis critiques pragmatiques, je n'ai pas trouvé d'argument probant à objecter. " À moins de vivre ici... " Une allusion qui résonne encore, en cheminant à ses côtés en direction de la salle des fêtes. Maître Criscolli oriente lui-même son fauteuil roulant électrique. Je n'imagine personne en train de le guider. Cet homme pilote sa vie comme celle du domaine. Sa volonté force l'admiration ; et Adeline, à sa gauche, apprécie tout autant en croisant mon regard. Dès l'entrée, nous sommes accueillis par un joyeux brouhaha de saluts amicaux et de chaises entrechoquées tout au long des allées, jusqu'à la table d'honneur. Après quelques mots de bienvenue et des ovations fournies, le Cavaliere a adressé un signe à Antonio pour entamer le service du souper, aussitôt suivi par l'entrée d'une escouade de serveurs en tenue folklorique. Tout cela sans grand protocole. Une sympathie qui nous a ravis. Le notaire n'a eu de cesse de s'assurer que les plats étaient à notre goût, de même que leur fameux vin blanc en tout point comparable à notre grand "Charlemagne" « ... d'une rare lignée d'inspiration bourguignonne ! » m'a glissé Antonio, dans un français très approximatif. Parmi les nombreux desserts, le soufflet au citron du domaine a rallié tous les suffrages ; le personnel des cuisines a été convié et vivement applaudi.

Pendant la pause-café, ma compagne, en s'adressant au notaire, n'a pu s'empêcher de s'inquiéter de la situation politico-économique du pays. Maître Criscolli savait tout des hautes fonctions d'Adeline au ministère de la Justice ; et sans hésitation sur les difficultés du moment, « Une dette publique abyssale, un peuple en colère et des banques en quasi-faillite !... Vous savez tout cela, n'est-ce pas ? La vieille Europe continue de se défaire et la situation chez nous est bien pire que celle engendrée par le Brexit. Ici, les emprunteurs oublient de rembourser leurs crédits. Mais pas question pour l'État de réduire ses dépenses, ni pour les politiques de tenir un langage de vérité. Nous n'arriverons à rien en Europe sans une véritable union bancaire et un budget européen hélas inexistant. Chez nous, nous allons assister à une sorte de rafistolage. Les Italiens vont devoir sauver leurs banques sur leurs budgets ; nos propres deniers bien sûr ! Il serait temps de réaliser la maison Europe, ne croyez-vous pas ? » Adeline m'a encore stupéfait. Elle n'a pas manqué, chiffres à l'appui, de dénoncer les faiblesses de chacun des pays de la zone Euro, en pointant l'impéritie singulière des peuples en matière économique. Et d'enchaîner, un rien provocante, « Croyez-vous que vos joyeux collaborateurs ici présents aient une claire conscience de ce qui se trame ? » Maître Criscolli a interrompu son repas en fixant le regard interdit de ma chère Adeline ; et en confidence, « ... Ma chère amie, ici, il n'y a aucune personne laissée dans l'ignorance. Par le passé, j'avais indiqué à Paolo l'organisation de soirées trimestrielles au *Castello* ; des veillées festives comme celle de ce soir. Nous invitons des universitaires, des spécialistes de disciplines diverses, pour aider chacun à comprendre l'évolution de nos métiers, les indispensables adaptations aux réalités écologiques et géopolitiques du moment ; et bien sûr, dans un langage accessible et opportun. Si tous nos personnels n'ont pas une culture avérée, ils ont le mérite, au fil des rencontres, de vouloir comprendre leur monde pour y tenir un rôle utile. Nous prônons l'idée qu'il faut partager le bien-être. Je laisse aux tenants du bonheur vrai, l'idée qu'on ne peut l'atteindre qu'au monastère. Vous avez lu les textes de notre Charte. Une conception de l'indépendance inspirée des Lumières. Mais contrairement à l'idéal imagé d'un Rousseau[35], nous ne vivons pas en autarcie sous un régime patriarcal et moins encore dans une ferme isolée, vous l'avez constaté. Nous défendons sans relâche la liberté de chacun. Ceux qui doivent partir entretiennent des relations suivies avec leurs anciens collègues. Ceux qui

---

35. Philosophe francophone (1712-1778)

n'adhèrent pas à notre mode de vie, une infime minorité, nous quittent sans animosité... L'engagement pour soi et pour la collectivité suppose une réelle liberté d'action. Un régime où chacun s'investit par respect, par amour du travail bien fait. On est très loin de vos ahurissantes 35 heures dont le monde entier n'a pas voulu. Elles postulent l'existence d'une quantité fixe d'emplois qu'il suffirait de mieux répartir. Tous les économistes dont votre récent prix Nobel condamnent le non-sens de l'emploi "en quantité fixe." On devrait tous relire Schumpeter[36] et se douter que les emplois de demain ne seront pas ceux d'aujourd'hui. Par ailleurs, vos dirigeants continuent de mépriser les créateurs de richesse, les seuls qui parviennent à faire accroître les profits pour contribuer à l'emploi des non-qualifiés, les bannis du travail. Hélas, cette mauvaise loi a contribué à fragiliser le lien social que votre vieille nation a toujours préservé, elle qui honorait la valeur travail jusqu'aux tâches les plus modestes. Confronté aux lois innovantes du marché, le syndicalisme autoritaire finira bien par mettre à jour ses logiciels idéologiques... »

J'ai assisté à la suite de leur échange dans une parfaite neutralité. En partie par méconnaissance des sujets abordés. Mais aussi par prévenance. La vie interne du *Castello* m'interpelle autant que sa visite intégrale du lendemain. Mon notaire, lui, n'a sollicité aucun avis, aucun appui. L'aisance qu'il dégage nous a simplement laissés cois. Pour prévenir les prémices d'un mutisme chronique, j'ai fini par admettre quelques carences en matière économique. Le sage Criscolli en a souri en enserrant mon bras chaudement. Il sait que je viens de recueillir des notions essentielles sur la vie du domaine, lui qui espère ma présence au château depuis si longtemps ! Cette fois je suis présent à ses côtés ; et après-demain, sans Adeline

---

36. Économiste autrichien (1883-1950)

attendue à Paris. Cela aussi il le sait. Pour lui, un 'De Laurenti' dans son propre domaine symbolise l'alliance idéale. « Un tout harmonieux pour aller de l'avant » ainsi martelé pendant son allocution de bienvenue ; un propos insistant vivement acclamé. Mais hélas, je suis le seul à douter de mon implication. En quoi serais-je utile à la formidable entreprise de ce *Castello* palpitant ? Adeline, toujours prompte à relativiser, m'a regardé à maintes reprises en caressant le bas de son front, juste au-dessus du nez, pour m'inciter à la détente, en observant chez moi une ride verticale crispée au milieu du front. « Mon cher Paolo, demain vous aurez toute une journée pour prendre la mesure de nos entreprises. Observez. Questionnez. Prenez le temps de bavarder avec nos collaborateurs. Laissez-vous inviter ! Parlez-leur de votre métier d'interprète. Vous serez surpris par leur curiosité, leur engagement au sein du domaine et la sincérité de leur attente pour vous accueillir. Et vous, chère Adeline, lorsque vous reviendrez, soyez assurée par avance du formidable élan de sympathie de tous nos compagnons. Mes amis, je vais vous laisser en bonne compagnie. Bonne fin de soirée ! Et, s'il existe... Dieu vous garde ! » Après un baisemain de circonstance, une malicieuse poignée de main et quelques signes discrets à Antonio et à son chauffeur, le "Cavaliere-Avvocato-Commendatore" – selon les titres les plus fréquents perçus sur son passage – s'est éclipsé sans se retourner, en pilotant son fauteuil à vive allure dans une allée latérale, suivi à la hâte par quelques responsables. Quelques heures plus tard, après avoir partagé les chants et les rires bon enfant des convives, nous avons retrouvé, exténués, notre chambre François 1er au bleu si fade et à la literie franchement inconfortable.

Lors de la promenade matinale du lendemain, sur l'esplanade des jardins à l'arrière du château, nous avons identifié quelques arômes provenant d'un petit potager entouré de massifs fleuris. Adeline a prisé ceux du fenouil séché, du lavandin et de la sauge ; sans difficulté, j'ai pu reconnaître celui du serpolet au parfum citronné, celui de l'origan et de la menthe poivrée. Ma petite maman avait très tôt formé nos goûts. Pas une sortie à la campagne sans une leçon « de bons sens. » Elle pouvait tout identifier, tout nommer, y compris en termes latins. Giambà, le moins soumis, remplissait ses poches à la hâte des herbettes aux parfums qu'il distinguait. Je venais de le rappeler à Adeline, un rien ému, lorsqu'Antonio s'est mis lui aussi à humer l'air en fermant les yeux, en réalisant de ses mains des moulinets de ravissement. Une symphonie de fragrances qui a inspiré notre début de journée, sous la houlette prévenante de notre guide. Le véhicule à disposition, encore différent, a été décapoté. Une idée lumineuse pour profiter de la douce fraîcheur ambiante, mais surtout « ... pour échanger avec autrui sans descendre à chaque fois du véhicule, » comme précisé par Antonio avant de démarrer.

Effectivement, nous n'avons plus compté les haltes, les questions sur nos projets, les poignées de mains calleuses, les bises moites d'enfants interrompant leurs jeux ou leurs cueillettes à travers champs ; à leur joie de folâtrer, on a senti la fin de l'année scolaire toute proche. Quelques arrêts prolongés ont été consacrés à la visite des bâtiments les plus importants, tous parfaitement équipés. L'immeuble consacré aux garages avec leur atelier permanent m'a impressionné. Je ne suis pas prêt d'oublier le nombre et la taille des véhicules agraires, des différentes voitures automobiles et des véhicules de transport de toute nature.

Les magasiniers, les secrétaires, les mécanos, tous nous ont accueillis en précisant leur attribution au sein du domaine. Adeline a relevé les expressions de maître Criscolli dans la bouche de certains. « Un réel esprit d'équipe pour faire gagner l'entreprise. Cela rassure et donne des regrets... » Adeline m'a rappelé la situation des groupements professionnels auprès desquels elle intervient parfois pour dire le droit, à défaut de percevoir une volonté d'agir pour le bien commun, sans entraver la liberté individuelle pour produire ou entreprendre.

« Une inadéquation de l'offre dans une économie mondialisée qui n'attend pas le bon vouloir des nostalgiques du passé. » Une paraphrase des locutions de mon précieux notaire, reprise par Adeline, non sans esprit.

En empruntant l'une des routes des vignobles, nous avons croisé la jeune Lisa à bicyclette. Antonio l'a interpellée pour lui demander sa destination, en lui offrant de la rapprocher, ce qu'elle a refusé. J'en ai profité pour l'informer doucement que je pourrais la conseiller en anglais, si elle le souhaitait. Après une lente réflexion et avant de s'éclipser, « Il faut voir avec ma mère. » Antonio m'a suggéré de passer chez elle les jours suivants, avant la fin de l'année scolaire ; et bien sûr je m'y suis engagé. En bifurquant vers le sud du domaine, nous avons admiré des parcelles impeccables consacrées aux fruitiers. D'abord les pêchers aux nuances garancées ; puis les abricotiers et les cerisiers en rangs bien aérés et beaucoup plus loin des pommiers et des poiriers en espaliers ; plus avant encore, toutes sortes d'agrumes odorants aux feuilles sombres et luisantes, avec des équipes d'ouvriers agricoles disséminés dans chaque section. Partout des saluts cordiaux ou des chants en dialecte local pour des groupes plus éloignés. Je serais incapable de citer les différentes variétés de légumes observées dans d'immenses potagers vers le bas du domaine, en direction de la plaine.

Depuis un long moment je ne parle plus, troublé par cet univers composite. Tout ce que je vois, tout ici me dit que je suis chez moi, mais je ne me sens nulle part à l'aise. À la façon dont Adeline a glissé sa main dans la mienne, je sais qu'elle a perçu un début de décrochage. Cela m'arrive encore après ma sortie de Sainte Anne. Depuis notre arrivée au *Castello*, un sentiment insidieux d'inutilité s'est imposé à moi comme celui d'une imposture. Dans des cas de déficience extrême, je m'imprègne du souvenir des écrits de Giambà. Je me retrouve dans sa chambre parmi ses objets, son casque détruit, ses posters de bikers géants que je maudis le plus souvent. Aux premiers signes de rupture, Adeline est là toute proche. J'aime son soutien contenu ; ses silences affectueux, ses caresses taquines. Elle sait tout de mes chemins, de mes regrets et la phobie de mes chagrins. Mais ici, nous savons tous deux qu'elle s'en ira demain matin. Elle prétend que cela m'aidera à mieux m'orienter parmi les miens d'adoption « ... quoi qu'il m'en coûte les premiers temps ! » Elle a même refusé que je l'accompagne à l'aéroport. Je crois qu'elle a bien fait.

Après le départ d'Adeline, j'ai passé quelque temps dans la modeste bibliothèque du château. Un endroit sombre et poussiéreux. Les livres d'art, intéressants mais peu nombreux, réunissent des éditions de collections ordinaires, notamment sur la Renaissance italienne et l'époque Classique. Pas grand-chose sur le Romantisme et rien sur l'Impressionnisme. Rien de motivant. Pour me rendre utile parmi les 'Castello' approchés, j'ai décidé de me rendre chez Annamaria. La seule initiative plausible réalisable. À la réflexion, une contribution bien modeste. Antonio m'y a encouragé le jour même, en mettant à ma disposition une petite Fiat du domaine. Sur la route en direction des vignobles, un véhicule de transport collectif s'est arrêté à ma hauteur pour me laisser plus d'espace. Nous avons échangé avec le chauffeur et quelques passagers ; des cueilleurs en route vers les cerisiers, parmi lesquels un groupe de jeunes gens fort sympathiques. Beaucoup m'ont reconnu en m'invitant à les suivre pour une dégustation « sur l'arbre ! » J'ai décliné leur offre à regret en proposant de les rejoindre un autre jour. Lorsque je leur ai fait part de ma destination et de l'objet de ma visite à la mère de Lisa, cette dernière, que je n'avais pas identifiée au fond du minibus, s'est manifestée pour m'informer qu'à cette heure, le chef d'équipe de sa mère – celui aux mains puissantes, rencontré dans un vignoble lors de notre première visite – l'aidait à réaliser des travaux de plomberie dans sa cuisine. En s'éloignant, tout le groupe m'a salué dans un joyeux chahut. Lisa, à l'arrière du véhicule, est restée longtemps collée à la vitre. J'en ai fait autant en l'observant dans mon rétroviseur.

À proximité de la petite chaumière, j'ai laissé mon véhicule sur le bas-côté de la route, pour m'avancer à pied sur le chemin de terre en pente conduisant vers l'entrée. Sur le seuil de la porte à peine entrebâillée, j'ai perçu des voix haletantes suivies de plaintes sourdes répétées selon une cadence irrégulière. Puis, une série d'interrogations d'une voix masculine rauque, et une série de réponses affirmatives saccadées dans un registre féminin assez aigu. En passant la tête, j'ai perçu au fond de la pièce un rideau en lanières plastifiées en mouvement, laissant entrevoir un semblant de salle de bain faiblement éclairée. Au gré des mouvements du rideau, je suis parvenu à identifier deux masses humaines difformes. Une sorte de lutte de lions de mer surexcités, comme ceux des reportages animaliers souvent diffusés. Lui, s'abattant sur le dos d'Annamaria, en s'agrippant aux masses de graisse sur les hanches. Elle, penchée sur le rebord d'une baignoire, la tête plongée vers l'intérieur, amplifiant le moindre râle en borborygme redondant ; le seul vocable identifiable, une sorte de "ouiiiii" de plaisir contrarié, en réponse à des épreuves succédant à chaque assaut.

Je suis parti à reculons comme un automate sans objet. Une fois assis dans la petite Fiat, je suis resté là, longtemps, incapable du moindre mouvement.

Puis j'ai pensé à Lisa. Et à elle seulement.

IX

J'ai obtenu l'accord d'Annamaria pour conseiller sa fille en anglais lors d'une rencontre occasionnée dans le vignoble ; plus question de me rendre chez elle à l'improviste. Ce jour-là, comme au jour de notre arrivée avec Adeline, guidés par Antonio, j'ai commencé par saluer le fameux chef d'équipe, à la stature et aux mains démesurées. Lisa, toujours en retrait, a guetté les mouvements de tête positifs de sa mère pour manifester un semblant de détente. J'ai proposé à la jeune femme de venir chercher sa fille après les cours, mais Lisa a suggéré de s'arrêter au *Castello* au retour du collège, le minibus du domaine stoppant à proximité pour les enfants des employés. À sa descente du car, sa tenue vestimentaire, jean délavé, baskets blanches, T-shirt et casquette impeccables aux sigles d'une université américaine, m'a quelque peu surpris. Dans le vignoble ou pour aller à la cueillette dans les vergers, elle arbore une salopette vert sombre assez ample, comme la plupart des employés, sur une chemisette ou un débardeur d'un vert plus clair, arborant le blason du domaine. Depuis l'une des fenêtres du premier étage, en observant les mouvements autour d'elle, j'ai remarqué la même tenue chez la plupart de ses camarades. Un goût probable pour l'uniformité, mais un signe de complicité qui m'a rassuré. Lisa a échangé avec ses copines en leur indiquant les fenêtres de la petite bibliothèque où nous devions nous retrouver. Peu avant, j'avais fait modifier certains éclairages et fait fleurir l'imposante table centrale. Initialement, je voulais l'accueillir par l'entrée principale ouvrant sur le salon de réception, mais je me suis ravisé. Je l'ai attendue devant la petite porte vitrée empruntée lors de mon arrivée. En traversant la vaste cuisine, les jeunes qui la suivaient m'ont salué également et se sont installés autour de la table de ferme. Une employée les attendait pour leur servir des boissons et un goûter consistant. Lisa n'y a pas touché. Après avoir bu deux grands verres de jus de fruit, elle s'est avancée vers moi et ensemble nous avons rejoint la bibliothèque. Lisa ne parle guère. Ses grands yeux sombres bordés de cernes affectent son expression ; et son allure penchée déporte sa tête vers la gauche en permanence. « L'après-midi, tu ne goûtes jamais ? » Pour toute réponse, un hochement de tête négatif. Lisa m'a montré son livre d'anglais ainsi que ses tout derniers résultats plutôt flatteurs. Je lui ai proposé de lire un texte sur la légende du Roi Arthur déjà commenté en classe. Je l'ai aussitôt félicitée en louant l'excellence de sa formation. L'accent tonique, la prononciation, le ton, tout est respecté. J'ai juste repris l'enchaînement de quelques phrases pour rendre la narration plus fluide. D'elle-même, elle a repris la lecture à la suite sans la moindre anicroche. Je lui ai proposé de lui apporter des bandes dessinées en langue anglaise ainsi que des dessins animés en vidéo ; mais comme elle ne disposait pas de lecteur, cette proposition n'a pas suscité d'intérêt. En la raccompagnant chez elle en voiture, je suis revenu sur cette offre en recherchant une solution. Lorsqu'elle a posé son regard sur moi, j'ai perçu un premier signe d'apaisement et au coin des lèvres, une timide ébauche de détente. J'ai stoppé la voiture au même endroit que la fois précédente ; et après avoir fait demi-tour, « Si tu veux, on ira en ville samedi. Tu pourrais choisir les équipements de ton choix. » Lisa a détourné son regard à nouveau assombri. Après un long silence pesant, « ... Il faut voir avec ma mère. Salut. » Elle s'est sauvée sans se retourner. Je l'ai observée dans mon rétroviseur de même qu'une présence derrière les rideaux frangés de la porte vitrée. La petite porte s'est ouverte juste avant qu'elle l'atteigne et s'est aussitôt refermée sur elle. Lorsque j'ai redémarré, une partie du rideau a légèrement coulissé. Lisa a suivi la progression de ma voiture jusqu'à la crête du chemin d'accès à sa maisonnette. Lors de la visite mémorable à sa mère, mon véhicule électrique, parfaitement silencieux, n'a dû être perçu ni par elle ni par son hardi contremaître. Une conclusion évidente dont j'ai pris conscience à ce moment. Une autre certitude s'est imposée au sujet des relations tendues voire réservées entre Annamaria et Lisa. Sans préjuger de la situation, ces troubles mère-fille restent palpables et certainement connus de tous. Je me suis souvenu des codes particuliers qui encadrent le silence dans les bourgades agraires de la région. « Des non-dits de la tradition quasi culturels ! » avait souligné mon distingué notaire au sujet des activités nocturnes du père de Lisa dans son village natal, avant son terrible accident. Des règles aberrantes pour moi et pour ma chère compagne. J'ai tenté de la rassurer au téléphone, en favorisant l'objet de mes premiers échanges avec Lisa malgré les réserves et les distances. Adeline s'est réjouie de cette première approche. Quant aux relations insolites de sa mère avec son supérieur, elle en a plaisanté. « ... Pourquoi dramatiser ? Tu ne connais rien de leur passé commun. Ces deux-là n'en sont sûrement pas à leur première rencontre et que ce plaisir dérangeant puisse affecter Lisa, quoi de bien étrange ? »

Adeline a toujours su déchiffrer mes embarras. Les premiers temps, elle me renvoyait à mes rituels d'interprète, les oreilles obturées en permanence par des écouteurs. Elle prétendait en s'animant que cela m'empêchait d'écouter le monde dans son entier, « pour tout voir, tout recevoir, tout apprécier ! » J'ai eu pourtant le privilège d'entendre et de traduire les sommités de la planète sur des faits primordiaux ; puis d'interpréter les avancées en matière scientifique sur l'environnement, le nucléaire, la recherche médicale ou encore sur la paix dans ce monde atrophié, rarement favorisée malgré les menaces ou des promesses de façade. Adeline ne pointait pas ce monde-là mais celui des gens "normaux" ; avec les soucis du quotidien qui façonnent des existences autrement remarquables ; celles de leurs semblables dans un monde réel. En somme, la vie de tout un chacun. Pendant mon séjour à Sainte Anne, ma précieuse compagne m'a aidé à accueillir d'autres lectures de mon univers biaisé. La perte brutale de Giambà, avec un sentiment de solitude désespérante m'a déstabilisé profondément. Mais la disparition corps et biens de mes géniteurs si parfaits, généreux et si aimants, m'a ôté le goût de la moindre pensée. J'étais éteint. Désarticulé. Comme entravé au plus profond par un filin oppresseur. Il fallait rétablir un semblant d'ordre pour réactiver mes sens. J'avais désappris la perception des objets et des êtres. De longs mois durant, aucun des intervenants ne m'était familier ; comme si les médecins, les aides-soignants, les autres patients et quelques rares visiteurs avaient été opalescents. Adeline a été la première à avoir une certaine consistance. Mon psy a longtemps attendu que j'exprime un semblant de cohérence. Nous nous installions dans nos silences respectifs dans l'attente d'un bon vouloir supérieur. D'après lui, il ne pouvait émaner que de ma personne. À cette époque, les gestes simples d'Adeline m'ont conduit vers d'autres abîmes. Je ne les voyais pas, ne les sentais pas. Ses mains, ses regards insistants de douceur, ses demi-mots, son souffle dans mon cou lorsqu'elle tentait de m'habiller, m'ont aidé à distinguer d'autres lambeaux. Adeline recollait sans protocole les bribes d'une humanité composite, jusqu'à ce que je les discerne dans mes espaces chavirés ; en les observant, j'ai fini par retrouver mon identité. La première fois où j'ai tendu ma main vers le fauteuil de mon infortuné voisin, Adeline a eu des larmes aux yeux ; et en souriant, « Oui !... Plus près Paolo, offre-lui ta main, même s'il ne la prend pas tout de suite. »

Quelque temps après, cette main tendue tremblotante toujours ignorée, a fini par trouver l'autre, mon semblable effacé. Mais aujourd'hui, face à Lisa, je doute de ma conduite à son endroit. Comment lui tendre cette main si elle ne souhaite pas ? En a-t-elle besoin ? La psychologie n'est pas mon fort. Tous deux avons perdu des êtres chers. Cela ne fait pas de nous des alliés. Que pourrais-je lui apporter ? Que sait-elle de moi ? Nous sommes si différents ! J'ai compris que maître Criscolli, son régisseur attentionné et d'autres espèrent un engagement à leurs côtés. Mais comment m'impliquer au sein d'un complexe aussi intimidant, aussi vaste et si bien géré ? Je peux m'intéresser aux études de Lisa. Mais tout semble déjà à sa portée ! Par ailleurs je me sens affreusement gêné vis-à-vis de sa mère. Il m'arrive encore de me remémorer cette scène surréaliste, en m'interrogeant sur les demandes ahurissantes de son contremaître pendant l'algarade de son inénarrable abordage. Sur les souffrances consenties et répétées de sa partenaire. Sur l'alacrité d'Adeline enfin, face à la situation et à mon désarroi.

En arrivant au *Castello*, la gouvernante s'est précipitée vers ma voiture pour me tendre un téléphone portable. « Allo ?... C'est Lisa... Ma mère est d'accord pour ce samedi. Viens me chercher demain vers 9 heures. » Un oui aussi bref que confus lui a suffi pour raccrocher. Parvenu dans ma chambre, j'ai tenté d'imaginer un questionnaire en anglais pour meubler la bonne trentaine de kilomètres qui nous sépare de Prato[37]. Elle pourrait s'exprimer sur ses goûts, ses amis, ses activités, ses projets ; ou alors sur sa vie au domaine. Peut-être sur sa famille ? Et puis qu'importe. Seule doit compter sa liberté de ton et de parole. En anglais ou en italien. Sans un semblant de confiance je n'arriverai à rien. Le lendemain, à neuf heures tapantes j'étais devant sa maisonnette. Sa mère est venue à ma rencontre toute seule. « Venez boire un café avant d'y aller. » Je l'ai suivie en cherchant Lisa des yeux. Elle attendait derrière la porte aux rideaux dentelés. Après un salut abrégé, elle m'a tendu une tasse de café encore fumant sans m'inviter à m'asseoir. Annamaria a attendu que je finisse de déglutir pour nous souhaiter bonne route dans la foulée. Une fois dans la petite Fiat, Lisa a attendu le franchissement de son petit chemin pour me parler, en détournant son regard ; et en murmurant, « Elle attend son chef. Des questions de tuyaux encore. » Lorsque l'imposante bâtisse du *Castello* a disparu de nos repères, Lisa en a profité pour se mettre à son aise. À ma grande surprise, elle a lancé son petit gilet noir vers l'arrière. Je l'ai entendue expirer à deux reprises ; et après un long étirement, elle m'a regardé en souriant. Détendue. Elle a allongé ses longues jambes en les décroisant. Je n'ai pas hésité à la complimenter sur sa tenue, semblable à celle des élèves des classes supérieures. Son T-shirt blanc ne cache pas grand-chose de sa poitrine naissante déjà bien

---

37. La deuxième ville de Toscane

dessinée. Je sens qu'elle ne me quitte pas des yeux. Ses vilains cernes ont disparu et sa tête est bien redressée. Elle sourit toujours en observant la route de temps à autre. « Je vais avoir 14 ans tu sais !... Et je connais presque tout de la vie. Loin de chez moi et du domaine je peux tout dire. Toi, je sens que tu observes. Tu n'as pas besoin de parler beaucoup. Les gens ignorent que j'aime discuter. Sauf mes meilleures copines. Mais chez moi, ou en présence des amis de ma mère, je n'y arrive pas... Je n'ai rien à leur dire... Ils savent tout de nous. Et puis, personne ne me demande mon avis... Sur rien ! »

Il est vrai que depuis mon séjour à Sainte Anne, je parle de moins en moins. Sauf à mon journal ou à ma compagne ; et parfois à mon psy. J'observe chaque jour le monde de mes nouvelles proximités, avec le sentiment de côtoyer des activités humaines les plus banales, non sans émerveillement.

Après avoir extirpé une bouteille d'eau de son sac en toile et après avoir bu à satiété, non sans m'en proposer, « Tu veux acheter un lecteur de DVD... pour moi ou pour tout le monde ? »

Sa façon d'interroger, son débit imprévisible et l'affirmation de sa personnalité m'ont laissé un temps sans voix. Je continue de la découvrir en l'observant à mon tour et en m'interrogeant sur ses attentes. Que veut-elle exprimer ? Contrairement aux autres, ma position patrimoniale ne l'impressionne pas. Cette toute jeune fille est à l'opposé de ce qu'on avait insinué ou feint d'ignorer sur sa condition, son authenticité. Ce qu'elle veut, elle le manifeste en dehors d'un contexte qui semble l'oppresser. « Tu n'es pas heureuse au *Castello* ? » Sans aucune ambiguïté, « Non ! » Après un long mutisme, « ... Sais-tu ce que tu aimerais faire plus tard ? » Réponse tout aussi vive, « Comme toi. » Mon silence embarrassé ne l'a nullement troublée ; comme si elle venait de conclure la discussion après un long et fructueux échange. Oui, comme si tout avait été dit. J'ai bien tenté d'argumenter mais elle a aussitôt répliqué « Comme toi ! » Elle a fini par me confier que maître Criscolli avait préparé ma venue à deux reprises lors de réunions plénières. Tous les employés devaient accéder aux mêmes informations à mon sujet pour couper court aux conjectures stériles ou malveillantes. Lisa n'a retenu que deux points parmi ceux exposés par le notaire. Au *Castello*, je venais en convalescence avec ma compagne, après la perte brutale des êtres les plus chers de ma famille ; et tout devait être fait pour m'accueillir chaudement. Mais Lisa a surtout focalisé sur ma profession d'interprète multilingue chargé de couvrir, notamment, les rencontres des hauts dignitaires de la planète. Pour elle, la venue de l'héritier putatif du domaine portant le nom de ses glorieux inspirateurs n'a pas revêtu de caractère particulier. Elle me l'a dit avec un sourire déconcertant, sans ironie aucune. « Le *Castello* est un peu à nous tous, pas vrai ? Et si j'ai bien tout compris, en fait, tu es un peu l'un des nôtres, non ? » Effectivement Lisa a tout saisi, mais pour aller à l'essentiel, elle exprime sa pensée sans ambages. Pour répondre à sa première question, elle a semblé ravie d'apprendre que le lecteur de DVD ne serait que pour elle. À l'une de ses questions appuyées sur ma formation, je l'ai informée de mes goûts affirmés pour l'art en général, conjointement à mes aptitudes pour les langues, et de diverses formations certifiées dans ces domaines. Lisa a aussitôt évoqué une découverte récente au musée principal de Prato, lors d'une visite organisée par son professeur d'arts plastiques, pour admirer la Sainte Lucie de Filippino Lippi[38], un natif de cette ville qu'elle aime tant. Une sainte

---

38. Peintre italien de la Renaissance (1457-1504)

aux yeux sombres « ... comme ceux de Lisa » avait affirmé son prof ce jour-là. Mais une Sainte « ... dont le cou et le buste sont transpercés par un horrible poignard. » Elle a mentionné à la suite une autre découverte, lors de la visite de la cathédrale de Prato avec ce même professeur, celle d'une fresque d'un géant de l'art Florentin du 15e siècle, Paolo Uccello « ... dont les premiers travaux sur la perspective sont connus dans le monde entier ! » a-t-elle souligné, avec un sentiment de fierté très touchant.

La curiosité de ma passagère m'interpelle. Elle semble s'intéresser à des sujets qui m'ont toujours passionné. Ses facilités pour l'anglais, son intérêt naissant pour l'art, comme sa récente détermination pour embrasser une carrière complexe, tout m'inquiète ou me ravit, en dépit des aléas et son isolement manifeste au sein du *Castello*. Dans le centre-ville, c'est elle qui m'a guidé, en m'indiquant des monuments et quelques sites remarquables, ou les commerces à la mode fréquentés par ses amis. Si bien qu'une fois garés, nous n'avons pas tardé à dénicher le spécialiste des équipements hi-fi. Il m'a suffi de la suivre ; et face au vendeur, c'est elle encore qui lui a fait part de nos recherches. Je l'ai observée sereinement, en acquiesçant à chaque fois qu'elle m'a interrogé du regard, le front inquiet. « Lisa, c'est très bien si cela te convient. Je suis là pour toi. » Elle m'a souri timidement en se rapprochant, son regard un peu voilé. « La dernière fois que je suis venue ici, c'était avec mon pauvre papa. On a tout regardé... C'était avant la Noël... Et on est reparti. » Elle s'est exprimée sans précipitation, simplement. En prenant la mesure de sa souffrance, je me suis remémoré mes propres tourments. En sortant, elle a pris ma main pendant un long moment...

« Si tu veux je viendrai installer ton lecteur. » Lisa s'est arrêtée et m'a regardé, le front tout plissé. « Tu viendrais encore chez moi ? » Je lui ai souri. « Bien sûr... On demandera à ta mère. » Lisa a tenu fermement mon bras jusqu'à la librairie multimédia des environs. Là, nous avons acquis divers albums, des bandes dessinées, des films, des CD de tubes anglais parfaitement méconnus pour moi ; en voyant ma mine déconcertée, Lisa a pouffé à maintes reprises. En quittant ces lieux, j'ai éprouvé un réel sentiment de bien-être ; et Lisa également. Elle me l'a répété dans la voiture avant de s'endormir contre mon bras. À aucun moment elle n'a fait allusion au coût de nos achats. Elle a compris et finalement admis que j'étais là pour elle, comme je l'avais précisé en choisissant son lecteur de DVD. Pour le déjeuner, Lisa nous a conduits dans une taverne où j'ai dégusté une pizza dont la seule qualité de la pâte est « à tomber par terre ! » pour reprendre une formule locale récente. Elle y est venue pour fêter l'anniversaire de sa meilleure amie Alessia, accompagnée de sa grande sœur – une sportive émérite – et de ses parents. Lisa me trouble. Je l'ai observée longuement. Elle n'est pas très jolie. Son nez, à l'arête légèrement déportée, alourdit les traits du visage. Ses lèvres, plutôt fines, éclairent son expression au moindre sourire ; et en croisant son regard, ses grands yeux aux reflets sombres captent tout de suite l'attention. Elle m'a avoué pendant le déjeuner que ses copines aiment son côté 'garçonne' aux cheveux courts et bouclés plaqués sur la tête. Notamment Chiara, la grande sœur de sa meilleure amie. En me rapprochant du domaine, j'ai pris conscience de n'avoir pas posé les questions préparées au *Castello*. Quelle importance ! Je sens que Lisa revient de Prato tout autre. En se réveillant doucement, elle m'a encore souri. « Lisa, on approche de ta maison... Alors ? Veux-tu que j'installe ton lecteur ? » Son expression s'est rembrunie. Elle a remis son gilet et une fois redressée, « Demande à ma mère. » Une fois engagé sur le petit chemin d'accès à son logis, j'ai éprouvé une gêne qui ne lui a pas échappé. J'ai ralenti considérablement et parvenu à quelques mètres de l'entrée, je me suis mis à klaxonner à deux reprises. Lisa m'a observé, ébahie. Lorsque nos regards se sont à nouveau croisés, nous avons éclaté de rire ; une connivence aussi forte qu'inattendue pour sceller un curieux accord tacite. L'instant d'après, Annamaria s'est présentée devant sa porte, un immense tablier à fleurs vertes et bleues sur une robe bouffante rose bonbon. Elle a été impressionnée par « ... toutes nos trouvailles ! » et n'a fait aucune difficulté pour l'installation du lecteur vidéo de sa fille. Nous avons vérifié le bon fonctionnement de l'ensemble en testant différents produits. Lisa n'a pas éprouvé d'embarras pour manipuler les commandes. Je sais maintenant qu'elle pourra en profiter avec l'accord bienveillant de sa mère qui n'a cessé de me donner du docteur à tout bout de champ. Une caution opportune et un entrain radieux pour Lisa, pas peu fière de mon intérêt pour elle. « Demain après-midi j'ai invité quelques copines. Tu aimerais que je te les présente ? » Machinalement je me suis tourné vers Annamaria qui a tout de suite acquiescé d'un discret hochement de tête. C'est Lisa qui m'a raccompagné à la voiture ; et avant de m'installer au volant, « Je ne sais pas comment dire ce que je ressens... C'est tellement nouveau tout ça... Merci Paolo ! » Elle m'a embrassé furtivement et s'est précipitée derrière la porte vitrée de l'entrée. Je l'ai observée ainsi que sa petite main remuant à peine, qui suivait la voiture le plus longtemps possible. En rentrant au *Castello*, j'ai réalisé que 32 années nous séparent. Oui, Lisa aurait pu être ma fille. Je n'ai pas arrêté d'y songer jusque tard dans la nuit. N'y tenant plus, j'ai appelé Adeline pour lui relater notre sortie à Prato, en détaillant nos achats, nos échanges, mes regards sur elle chez les commerçants, au restaurant, dans la voiture du retour, sa tête sur mon épaule ; et son invitation pour me présenter ses plus proches amies. Comme toujours, Adeline m'a laissé m'exprimer. Interminablement... « Paolo, tu sais que je partage tous tes bonheurs, tous tes scrupules. Je suis avec toi et avec Lisa qui par bien des aspects te correspond. Il me tarde de partager d'autres moments et tu le sais... Paolo, il est très tard ! Je te souhaite une bonne fin de nuit à présent. » Nous nous sommes quittés tendrement. J'ai pensé à mon psy aussi. Mais lui devra attendre mon bon vouloir pour accéder aux détails de ce nouvel épisode de mon aventure au *Castello*. Je ne lui dis pas tout. C'est ma vie, non ? Mon journal le lui apprendra. Peut-être.

Comme convenu, je me suis présenté le lendemain devant la maisonnette de Lisa, les bras chargés de fleurs. Ses amies se sont installées avec elle sur une large couverture, à même le gazon rustique d'un terrain attenant. Lisa a déplacé un petit haut-parleur sur l'extérieur pour profiter des quelques tubes anglais choisis hier, qu'elles fredonnent en balançant leurs têtes. Toutes portent un pantalon à l'exception de Chiara, la grande sœur de sa meilleure amie que Lisa m'a présentée en premier. Une belle jeune fille aux cheveux châtains en queue de cheval, plus âgée, portant une liquette noire nouée à la taille et un short en jean très court. On ne peut que remarquer ses longues jambes galbées d'athlète, spécialiste des 800 et 1000 mètres, tout juste qualifiée pour les épreuves nationales du demi-fond à Rome. Quand je lui ai demandé son âge, c'est Lisa qui a répondu en tenant son amie par la taille et en plaçant sa tête contre son épaule. « Bientôt 20 ans ! Chiara et moi sommes très proches. Parfois j'assiste à ses entraînements à Prato. C'est une vraie championne. » Chiara a confirmé en souriant et en étreignant Lisa à son tour. « Lisa est mon second petit coach !... Parfois elle me parle en anglais. Elle connaît tous mes temps de passage et me stimule comme mon entraîneur quand il n'est pas là. » Après le décès du père de Lisa, toutes deux se sont rapprochées. Alessia, la discrète sœur cadette, n'a jamais pris ombrage de cette amitié admirative. Après le drame, Chiara l'a régulièrement invitée au stade après les cours de gym du collège, ou en famille. La situation affective de Lisa et sa résignation lorsqu'elle retrouve sa mère, sont patentes au *Castello* où la loi du silence persiste. J'ai été déconcerté par les contrastes de son comportement dans l'enceinte du domaine ou à l'extérieur. « Une ambivalence troublante, n'est-ce pas ?... » Chiara a tenu à le souligner en aparté, en l'absence de Lisa pendant la préparation du goûter. « ... Nous sommes sa bouffée d'oxygène une fois par semaine au moins. Depuis votre arrivée, Lisa m'a fait part de ses projets pour la première fois. Je l'estime et l'admire, après ce qu'elle a subi et continue d'endurer. Sa mère est une irresponsable frustrée qui l'aime à sa façon. Mais Lisa ne peut admettre une telle situation sous son toit ; et le regard des autres *Castello* ne l'aide guère. Votre venue l'a métamorphosée. Elle vous apprécie énormément, vous savez ? » Une nouvelle fois je n'ai pas su m'exprimer aisément, sinon pour indiquer que Lisa est une jeune fille sensible douée pour l'anglais ; que son intérêt pour les choses de l'art m'a agréablement surpris. Mais que pouvais-je avancer, sinon que je voulais l'aider en la guidant dans ses études. J'ai vraiment aimé la spontanéité de Chiara, lorsqu'elle m'a proposé de venir la soutenir à Rome pour les championnats nationaux. « Vous seriez avec Lisa. Nous l'avons invitée en famille pour l'occasion et sa mère a accepté. Je suis sûre qu'elle aimerait vous savoir des nôtres. Mon club mettra un bus à la disposition des athlètes et des accompagnateurs. On trouvera bien une place pour vous. » Lorsque Lisa s'est avancée, un plateau de portions de tarte à la main, elle est venue vers moi en premier. Après m'être servi et bien timidement, j'ai demandé, « Lisa, tu aimerais que je vienne à Rome avec vous tous... pour encourager Chiara pendant ses compétitions ? » Elle s'est immobilisée en me fixant longuement ; et presque sans voix, « Tu... Tu viendrais avec nous ? » Lisa a tendu son plateau à l'une de ses camarades avant de retourner aussitôt vers la cuisine. Lorsqu'elle est réapparue avec un plateau de boissons, j'ai tout de suite observé son visage, les yeux rougis. Elle s'est placée un peu plus loin, mais face à moi pour servir ses amies. Nous ne nous sommes pas quittés des yeux. Après avoir bu à son tour, elle m'a souri en hochant la tête calmement. J'ai lu sur ses lèvres « Oui... Oui. » Chiara non plus ne l'a pas lâchée du regard, dans un murmure joyeux allant crescendo, jusqu'à ce qu'elle annonce à l'assemblée que je serai du voyage à Rome. Une salve d'applaudissements a salué l'annonce, jusqu'à l'arrivée d'Annamaria, ravie d'apprendre que sa fille irait soutenir son amie Chiara « ... en compagnie du docteur De Laurenti ! » mais prétextant des travaux urgents chez elle pour motiver son absence. Chiara s'est rapprochée de moi en tenant Lisa par l'épaule. « Dans quelques jours, nous serons à Rome. Mes parents ont réservé un hôtel à proximité du stade depuis longtemps déjà. J'ai pu joindre mon père qui vient de me confirmer par sms votre réservation dans notre hôtel. » Lisa n'a rien dit. Son sourire paisible exprime une détente authentique. Son port de tête dégagé et la douceur de son regard m'ont attendri. « Vous devez savoir que je n'ai jamais eu l'occasion de voyager en car avec un groupe de supporters. » Lisa a souri. « Tu vas être surpris, Paolo. On plaisante et on chante beaucoup. Tu verras, c'est super comme ambiance. » Je n'ai pas osé leur parler de mes déplacements familiaux en jet privé le plus souvent, vers des contrées les plus éloignées de la planète. Je crains de contrarier la nature de leurs élans. Cela me rend gauche et m'attriste. Il faudra bien que j'en parle si on m'interroge. Chiara a perçu quelque gêne dans mon attitude ; elle a tout de suite proposé de m'accompagner dans le bus pour voyager à ses côtés. « J'ai des questions et des avis pratiques à collecter au sujet du stade Charléty à Paris, où nous devrons affronter les meilleurs compétiteurs européens dans un mois environ, devant 20 000 personnes. » Un stade que j'ai très peu fréquenté sinon pour accompagner mon frère aîné, il y a fort longtemps. Il était membre du Paris Université Club, licencié en escrime pendant ses études. J'ai juste précisé que je connaissais bien le 13e arrondissement de la capitale où est implanté ce stade ; un quartier également apprécié pour la qualité de ses restaurants asiatiques que je me ferais un plaisir de lui faire apprécier. Subitement, j'ai observé une expression soucieuse chez Lisa, la tête baissée penchée vers la gauche. J'ai aussitôt mentionné qu'elle serait la bienvenue si elle voulait bien l'accompagner. Chiara a pris Lisa par les épaules en la secouant un peu. « Tu vois, Paolo pense à toi lui aussi. » Et j'ai rajouté, « Si vous le souhaitez, vous pourriez même loger chez moi toutes les deux. Les chambres ne manquent pas. » À ces mots, elles sont venues m'embrasser dans un silence intimidant. J'ai eu quelques hésitations à refermer mes bras sur elles sans pouvoir exprimer quoi que ce soit. Cela s'est fait lentement. J'ai senti une pression s'exercer contre moi au moment où mes mains se sont posées sur leurs épaules. Cette étreinte est devenue la mienne aussi, avec les mêmes perceptions harmonieuses. Lisa a posé ses lèvres furtivement sur ma joue avant de s'éclipser. Chiara a déposé un petit baiser sur ma bouche, avant de me remercier à nouveau ; une pratique courante entre parents et enfants, maintes fois observée dans ces contrées. Moi qui rêvais d'une fille, je me suis senti une fois encore tellement apaisé ! Porté. Attendu. Utile quoi.

Pendant les quelques jours qui ont précédé le voyage à Rome, j'ai reçu Lisa au *Castello* régulièrement. Son anglais a encore progressé et son attitude s'est bien adoucie. J'ai observé chez elle des tenues vestimentaires variées toujours impeccables, de même que quelques essais de maquillage plutôt timides, avec quelques touches de rimmel sur ses longs cils.

Nous en avons profité pour aborder une liste de mots nouveaux et d'expressions usuelles sur des sujets du quotidien, dans un anglo-américain devenu ce qu'était le latin au Moyen-âge. Cela l'a vraiment amusée. J'en ai profité pour la complimenter, y compris sur son petit maquillage que j'ai trouvé sobre, voire élégant. À sa façon de baisser la tête en la déportant sur sa gauche, elle me fait souvent craquer. La manifestation d'un bonheur inédit pour moi et pour Lisa. Je sens bien qu'elle apprécie mon soutien. J'ai surtout pris conscience que tous les thèmes l'intéressent. Comme si elle était restée longtemps éloignée des réalités de ce monde. Un peu comme moi avant ma sortie de Sainte Anne, enfoui dans mon isolement aphasique ; dans un silence différent de celui de la Trappe ou celui des codes sublimes du Romantisme, hélas privé de toute quête méditative.

Le dernier jour avant le départ pour la capitale, c'est elle qui a surtout parlé. En italien bien sûr, avec beaucoup de questions sur mon internement après la disparition de mes parents. Lisa savait tout de mes traumatismes, ainsi que la plupart des *Castello* impliqués dans la gestion du domaine, comme elle me l'a précisé bravement. « Mais toi, pourquoi t'intéresser à ces questions ? » Et sa réponse, comme une évidence, « J'ai perdu mon Papa moi aussi... J'en souffre encore, tu sais ! Alors pour toi, c'est pire j'imagine... » Je me suis souvenu que Lisa allait avoir 14 ans. Sa maturité ne cesse de s'affirmer. Je la perçois et la reçois à présent presque sans étonnement. Pour la première fois depuis mon arrivée au *Castello*, j'éprouve un curieux sentiment d'accord avec moi-même, près de ce petit être de grâce qu'il m'est agréable d'évoquer. De stimuler. Ce soir-là, dans le silence vibrant de ma chambre, j'ai imaginé toutes sortes de projections, comme au temps des années lycée de mon cadet Giambà. Avec lui, les lendemains s'esquissaient jusque tard certains soirs. J'ai longtemps porté ses rêves ; ses silences aussi, dont certains ne m'ont jamais quitté.

Vers 6 heures du matin, le bus du domaine est venu nous accompagner à Prato. Une heure plus tard, nous étions tous dans celui du club sportif, en route pour Rome. Le directeur du Club a vivement prôné deux heures de repos absolu pour les athlètes, avant un arrêt technique programmé à Orvieto. Les plus jeunes se sont installés au fond ; et Chiara, vers l'avant près de moi, juste à l'arrière de ses parents. Sur notre droite, Lisa et sa copine Alessia ont partagé des écouteurs. Nous avons échangé quelques impressions, mais très vite tous les jeunes se sont assoupis. Chiara a posé sa tête contre mon épaule après avoir passé sa main sous mon avant-bras.

Bientôt, j'ai aimé ce nouveau silence. En observant le paysage, je me suis remémoré les dernières impressions de voyage de mon petit Giambà à Orvieto justement, avec ses copains motards, pour assister au célèbre festival de jazz de fin d'année. À son retour, il avait détaillé avec passion les performances de chaque musicien. Chez les célébrités, Paolo Conte, le pianiste compositeur Herbie Hancok et même Gloria Gaynor comptaient parmi ses artistes favoris dont il fredonnait les succès « ... par temps mauvais. »

« Tu ne veux pas dormir un peu ? » m'a chuchoté Chiara, en se serrant un peu plus contre moi.

X

Sur les travées du stade Olympique, notre modeste délégation a fait pâle figure, confrontée aux clubs prestigieux de la péninsule brandissant sans relâche leurs calicots bariolés. Non que nos porte-voix aient été en reste, mais des hordes de supporters turbulents et bruyants nous ont vite submergés. Après notre arrêt à Orvieto, j'ai pu effectivement apprécier les rires et les chants bon enfant de nos athlètes dans le bus. Leurs parents aussi ont donné de la voix. Ceux de Chiara, admirables, ont joué les boute-en-train les premiers. Depuis les premiers exploits de leur fille aînée, ils l'ont inlassablement soutenue et accompagnée. Ici, lors de sa première finale, nous nous sommes tous levés en silence. Ça n'est qu'au second tour du stade, lorsqu'elle a franchi le dernier virage en tête, que toute la délégation et par sympathie tous ceux des clubs voisins du nôtre, ont scandé son prénom à tue-tête en appuyant sur la deuxième syllabe. Lorsque le haut-parleur a diffusé son nom en premier, sa mère et sa sœur cadette se sont tombées dans les bras, vite rejointes par un papa comblé. Quelques heures après, lors de la finale du quinze cents, lorsque Chiara a remporté cette course prestigieuse en moins de 3 minutes et 56 secondes, quelques supporters exaltés ont envahi la piste pour tenter de l'approcher. Le tumulte perdurant, les premières interviews retransmises sur écran géant ont calmé les ardeurs. Lors du tour d'honneur, Chiara s'est arrêtée devant notre tribune en déployant un drapeau national. Après de brèves embrassades avec les siens, elle m'a demandé de la suivre aussitôt pour traduire les interviews. Arrivé essoufflé au bas du podium, j'ai été présenté aux organisateurs par Chiara comme son interprète particulier. On m'a tout de suite affublé d'un casque audio et d'un micro pour répondre aux spécialistes de différents médias sportifs, notamment en prévision des futurs championnats d'Europe à Paris, au stade Charléty. Parmi les journalistes, j'ai évidemment reconnu notre Nelson national, qui m'a laissé traduire les propos de Chiara, l'italien n'étant pas son fort, comme il l'a admis non sans malice. Moi qui suis habitué aux lumières tamisées des cabines d'interprète, je me suis vu pour la première fois sur un écran géant, traduisant en trois langues les questions et surtout les réponses de ma gracieuse lauréate, toute heureuse de cette collaboration improvisée. Notre retour à l'hôtel a été étourdissant aux dires du président du club, notre bus ayant été suivi par quelques *tifosi*[39] motorisés et par plusieurs véhicules des chaînes de télévision. Un service d'ordre improvisé a aimablement interdit l'accès à notre hôtel où une réception brillante avait été projetée, sous l'égide la Fédération Nationale. Je n'avais pas pris la mesure d'un tel événement, ignorant tout du domaine sportif de haut niveau ; un nouvel horizon, à des lieues de mes pratiques et de mes sollicitudes.

Lorsque Lisa a rejoint ma table, elle a demandé à s'asseoir près de moi. Mes traductions l'ont impressionnée, mais c'est précisément le rôle de l'interprète qui l'a convaincue. « C'est vraiment ça que je veux faire. J'en suis persuadée maintenant. »

---

39. Supporters

166

Chiara a été sans nul doute la star de la soirée, patronnée par les dirigeants du club, ceux de la Fédération Nationale et par les sportifs les plus titrés de sa discipline. J'ai observé les parents de Chiara à la table voisine. Ils ont rejoint les familles des sportifs récompensés dont certains leur sont familiers. Je les ai sentis unis, tous portés par les exploits de certains ou par l'espoir des éternels seconds, voire des sans grade. Une histoire peu commune que la leur. Et si différente de la mienne ! Cette communauté a dû apprendre à partager la jubilation des héros, les désillusions subites et dans nombre de cas, des efforts endurants aux accents de sacrifices. J'ai longuement examiné leurs tenues, leurs façons d'échanger ; avec leurs souhaits à répétition et les mêmes angoisses dans la défaite. Certains m'ont inspiré une réelle empathie. Beaucoup sont issus de milieux modestes. Alessia, la copine de Lisa lui a indiqué ceux qu'elle connaissait depuis des années, la plupart confrontés à la déception malgré les soutiens. Un journaliste américain dont j'avais traduit les questions pour Chiara est venu s'asseoir à proximité. Que pouvais-je lui dire ? Que Chiara est formidable ? Qui pourrait en douter après ce chrono de référence mondiale ! Je n'ai pas eu envie de lui parler de son pays dont les récentes élections ont saturé la planète. Nul besoin de lui parler de mes travaux, malgré son enthousiasme pour mes traductions improvisées. Je ne suis pas du sérail. Juste de passage dans ce nouvel univers. Non, ce monde-là n'est pas le mien.

« À quoi penses-tu Paolo ? »
Hélas, il m'arrive encore de "décrocher" selon ma douce Adeline. La question inattendue de Lisa m'a aussitôt ramené à sa précédente affirmation. Comment ne pas la soutenir dans ses projets d'avenir ! J'ai redécouvert l'intérêt de mon

métier d'interprète à ma sortie de Sainte Anne. Depuis mes débuts, cette fonction d'assistant privilégié parmi des intervenants célèbres, a favorisé ma compréhension des questions fondamentales de la vie. J'ai expliqué à Lisa que j'avais développé une mémoire méthodique qualifiée de pharamineuse par Adeline. Qu'il s'agisse des avancées technologiques en matière numérique, dans les domaines de l'agro-écologie, des découvertes dans l'infiniment petit ou de l'évolution des savoirs économiques, j'ai mémorisé les interventions les plus inouïes, au mot près. Mais je n'en ai pas souvent fait mention. Sauf parfois dans mon journal intime, lorsque le dérapage d'un intervenant a pu contrarier certains principes humanistes inculqués par les miens. Parmi les souvenirs optimistes récents, en réponse à une question de Lisa, j'ai évoqué les conclusions d'un conférencier célèbre sur les sources des crises actuelles, dont une particulièrement préoccupante au plan communautaire. Il affirmait que notre temps avait tendance à compenser le manque d'humanisme par de l'humanitaire et qu'il faudrait aller toucher le cœur des humains pour inverser la tendance, en développant le vivre ensemble. J'ai eu envie de rapporter les propos de ma mère chérie qui déplorait elle aussi que les races, les religions et les idéologies divisent encore les hommes au lieu de les rapprocher. Sur ce sujet sensible traité en classe, mais surtout en matière d'agro-écologie, Lisa a une nouvelle fois mentionné son professeur d'arts plastiques qui avait applaudi en apprenant la transformation du Castello en un domaine tout bio. Toutefois, il avait mis en garde en prétendant qu'on pouvait célébrer les mérites du bio et l'adopter comme beaucoup, mais en continuant d'exploiter son prochain ; et de s'interroger en ironisant « ... sur les preuves réelles de l'intelligence de l'Homme ! » Lisa ne cesse de me surprendre. Sur sa lancée, elle a vanté les mérites de cet 'enseignant-cueilleur-de-pommes' ainsi nommé en raison de ses visites fréquentes au domaine, pour le plaisir de cueillir des fruits dans les vergers parmi les employés du *Castello*. J'en ai profité pour lui demander si elle appréciait ses méthodes de travail en classe. Parmi ses activités favorites dans cette discipline, Lisa a mentionné une expérience des plus originales. Pour reproduire une pomme, son professeur en fait choisir une parmi celles traitées par les grands maîtres de la peinture, longuement visionnées en classe. Lisa a choisi une pomme peinte par Cézanne[40] et parmi les fleurs, un bouquet réalisé par Fantin-Latour[41]. Puis, les élèves ont apporté en classe un fruit et ou des fleurs de leur choix pour des travaux pratiques au fusain pour certains et pour d'autres, à l'acrylique ou à la peinture à l'huile directement. Selon elle, les plus habiles parviennent à exprimer une réelle originalité. Les autres, manifestent une application inhabituelle, en faisant appel à leur mémoire et à l'observation détaillée de leurs modèles. Lors de l'exposition trimestrielle des travaux de sa classe, Lisa a regretté les absences répétées de sa mère, prétextant des responsabilités récentes pour suppléer l'absence de son regretté mari dans l'exploitation. J'ai compris que Lisa pouvait compter sur le soutien de cet enseignant admirable, notamment lorsqu'il la rejoint au *Castello* parmi ses proches. « Il parle de mes travaux, même pendant la cueillette. Ma mère est bien obligée de l'entendre. »

Lors du voyage retour, peu après le départ du bus, tous les athlètes et leurs familles ont observé un silence quasi léthargique. « Une chute du régime moteur

---

40. Peintre français (1839-1906)
41. Peintre français (1836-1904)

compréhensible, après de telles émotions ! » m'a soufflé Chiara, pour toute réponse à une question portant sur l'état de fatigue psychique des compétiteurs, rompus à l'exercice physique. « Il en va de même pour ceux qui nous soutiennent, mais eux n'ont plus de jambes ! » Chiara en a plaisanté, non sans taquiner son père, sur le siège devant elle. L'instant d'après, elle s'est assoupie contre mon épaule, comme à l'aller. Alberto, son père – comme la plupart des autres parents – ne m'a presque pas adressé la parole, sinon pour de brèves banalités liées à la météo, à la nourriture, ou pour vanter les mérites des lauréats, sans oublier tous les autres « ... qui n'ont pas démérité. » Pour eux, je reste ce *Dottore*[42] estimable, l'héritier potentiel d'un domaine illustre, doublé d'un interprète ayant parlé de leurs enfants à toute l'Europe ; et pour certains, « ... au monde entier ! » Il est vrai que je ne vais pas vers eux. J'écoute et réponds à leurs aimables demandes du moment. Un tremblement insistant dans la poche intérieure de mon blouson m'a fait sursauter. J'ai dû réveiller Chiara en extirpant mon téléphone portable. J'ai été avisé qu'on requiert mes services d'interprète dans quelques jours à Paris, à l'occasion d'un nouveau sommet sur l'état dégradé de la planète. J'en ai informé Chiara discrètement. Elle a passé son bras sous le mien en le resserrant. Après un long silence, « Tu es toujours partant pour nous héberger à Paris, Lisa et moi, pendant les futurs championnats d'Europe ? » Ma réponse affirmative l'a replongée dans un état de somnolence tranquille, régulièrement ponctuée par de petits tressautements de son bras sur le mien. « ... Il me tarde déjà, tu sais ? Paris est la capitale qui m'a toujours fait rêver. Au plan sportif, ce serait un tremplin pour ma carrière... Mais être reçu par toi, dans cette ville qui tu aimes tant et dont je sais

---

42. Docteur, *en italien*

qu'elle te manque, ajoute à mon désir de la connaître... »
Un peu plus tard, en se rapprochant un peu plus et en
murmurant, « ... Paolo, on m'a beaucoup parlé des drames
terribles que tu as subis... Tous ceux que tu as côtoyés
ici ou au *Castello* ont été informés, mais personne n'ose
l'évoquer avec toi... J'admire ton courage ; tes silences ; tes
regards égarés, insondables... Justement Paolo, ce qui me
trouble, c'est de penser que tu es en permanence avec les
tiens... Ils te portent toujours autant... Tu les aimes si fort,
Paolo ! » Je me suis rapproché de sa tête en l'effleurant,
« C'est vrai Chiara, c'est si vrai ! Lorsque tu viendras à
Paris, je te montrerai nos souvenirs, des films, des photos ;
et si tu aimes la poésie, je te ferai lire quelques écrits de
mon cadet Giambà ; notre petit Rimbaud[43], cet adolescent
poète turbulent qu'il admirait, répétant lui aussi au même
âge, "on n'est pas sérieux quand on a 17 ans" ; et le jour de
ses 17 ans, il a offert ses premiers poèmes à notre mère qui
en a pleuré. »

Pendant le trajet, Chiara a beaucoup échangé avec Lisa
sur sa droite, dans la rangée opposée. À l'approche des
grandes vacances, leurs sujets de conversation ont porté
sur les travaux agraires du domaine pour l'une et bien
sûr, sur la préparation du voyage parisien au plan sportif
pour Chiara. « Paolo vient de me confirmer qu'il nous
accueillera chez lui, pas vrai Paolo ? » Le doux sourire
de Lisa m'a touché. Je lui ai répondu de la même façon,
en hochant légèrement la tête. Je ne peux m'empêcher de
revoir son expression effacée dans le contexte du *Castello*
ou bien chez elle. 'Elle' aussi est une autre, comme aurait
pu proclamer mon petit Giambà après une lecture de son
poète favori. Avant d'arriver à Prato, Chiara a informé
son amie de mon départ imminent pour Paris à la suite

---

43. Poète français (1854-1891)

d'un récent appel téléphonique. Cela ne l'a pas perturbée. Lisa m'a précisé qu'elle était 'trop fière' de se rendre à Paris, mais qu'elle avait besoin de s'y préparer. À Prato, en quittant tous les sportifs et leurs familles et avant de nous installer dans le minibus du domaine, tous m'ont chaleureusement remercié. Une fois encore, je me suis surpris à les assurer qu'ils seraient toujours les bienvenus au *Castello*. À bord, Lisa s'est installée près de moi. Elle n'a pas desserré les dents pendant le trajet ni moi non plus. En arrivant, j'ai informé mon dévoué régisseur, qu'il me faudrait rejoindre Paris dès que possible. Dans l'heure qui a suivi, ma réservation était acquise sur un vol du surlendemain. Maître Criscolli, informé du succès des sportifs régionaux, en a profité pour organiser un repas festif, juste avant mon départ. Que veut-il célébrer au juste ? Je sais qu'il est informé de tous mes faits et gestes ; de la moindre fragilité aussi. Il a su pour mes traductions publiques à Rome, pour les avoir suivies à la télévision, lors des résultats extraordinaires de Chiara et ceux de sa fédération. J'ai appris par Antonio qu'il avait été impressionné et qu'il espérait toujours me convaincre de rester au château le plus possible. L'accueil des délégations et des clients étrangers permettrait au domaine de franchir une nouvelle phase selon lui. Il l'a même déclaré à la presse locale. Pendant les épreuves romaines, mon nom – celui des fondateurs estimés du *Castello* – a été cité à maintes reprises par les médias locaux, dont certains ignoraient mon métier d'interprète.

Le lendemain de notre retour, peu avant la venue des athlètes en fin d'après-midi, la cour d'honneur du château a été prise d'assaut par la presse et la télévision régionale. J'ai suivi discrètement leur installation depuis ma chambre du premier étage. Lors de l'arrivée de maître Criscolli, je me suis rendu à ses côtés, tout près de son fauteuil roulant. Une journaliste fort connue s'est avancée vers nous, un micro à la main. Mon distingué notaire l'a priée d'attendre l'arrivée imminente des sportifs avant d'intervenir, pour leur permettre de s'exprimer en priorité. Le minibus des sportifs primés et des accompagnateurs s'est annoncé à grand renfort de klaxons divers au long de l'allée centrale. Chiara est descendue la première, mitraillée par les flashes des photographes, pendant les commentaires enthousiastes de la journaliste parvenue jusqu'à elle. « Avant de vous répondre, j'ai une déclaration importante en forme de souhait à formuler. J'aimerais que le docteur Paolo De Laurenti, ici présent, devienne mon interprète attitré lors des compétitions internationales. La Fédération n'y verrait que des avantages pour l'ensemble de sa communication. » Chiara s'est approchée de moi. Elle a passé son bras sous le mien, en attendant la question suivante qui m'a été adressée, « Vous venez manifestement de découvrir cette proposition ! Qu'en pensez-vous Dottore ? » Embarrassé, j'ai réussi à exprimer que cette offre sympathique méritait sûrement réflexion et une certaine organisation. Aussitôt, une salve d'acclamations a recouvert mes propos intimidés. Alors qu'une farandole spontanée s'est formée autour de chaque sportif interrogé, j'ai pris conscience, sans douter, que ma présence en Toscane pouvait trouver une nouvelle raison d'être. Pour répondre aux attentes de maître Criscolli, je pourrais effectivement être utile au *Castello*, à ses collaborateurs, ses prospects et à ses clients étrangers, en assistant chacun au plan linguistique. Mais au-delà, la dernière proposition au service d'une athlète d'exception et d'une Fédération Nationale prestigieuse, me permettrait d'escorter Chiara partout où ses performances la guideraient. De sorte que mes nouvelles fonctions en Italie et dans les villes organisatrices des championnats d'athlétisme dans le monde, me tiendraient éloigné de « certaines orientations ou propensions coutumières » pour paraphraser mon très perspicace psy parisien. Je sais qu'il attend ma visite. Adeline me l'a confirmé à maintes reprises au téléphone pendant mon séjour toscan. Cette fois, je crois qu'il ne sera pas déçu.

Au cours du souper en l'honneur des lauréats, maître Criscolli, à ma gauche, a "profité" des exploits de chacun lors des présentations, ponctuées d'exclamations admiratives de sa part après chaque exposé. Ses regards discrets voire complices dans ma direction ont fini par me distraire. Je crains qu'il n'ait pas tout apprécié. L'exploit de Chiara l'a vraiment enthousiasmé. Le bilan des athlètes moins performants a suscité une indulgente sympathie. J'aurai beaucoup appris à son contact. Chiara a été placée à ma droite, tout près de son amie Lisa, émoustillée par l'éclat de la soirée. Sa tenue – un polo ciel très lumineux sur une jupe droite sombre – lui a valu des compliments de la part du Cavaliere. Lisa a beaucoup échangé avec la sœur cadette de Chiara assise près d'elle ; à l'instar des plus jeunes athlètes, Alessia porte la tenue sportive chamarrée, aux couleurs du club de son aînée. Seuls les champions internationaux arborent un survêtement monocolore, au bleu si caractéristique, frappé d'un petit drapeau tricolore sur la poitrine. J'ai assuré à Chiara que cette tenue officielle lui correspondait en tous points. « Tu veux dire... qu'elle me va bien ? » Interrogea-t-elle à mon oreille. Une précision superflue à mon sens. « Comment peux-tu en douter ? Elle te va à merveille ! » Elle a souri timidement ; et en se rapprochant, « J'aime que tu me le dises, Paolo. »

Pendant les discours, Chiara a adressé des petits signes amicaux aux entraîneurs des lauréats. Tous la connaissent et l'admirent depuis ses débuts. En préambule, le Président de la Fédération a dressé un topo panégyrique de ses exploits récents, avant que la salle ne l'acclame une nouvelle fois. Oui, Chiara dispose d'un authentique statut de star et je l'ignorais totalement ; n'ayant jamais été sensibilisé aux exploits des sportifs de haut niveau, elle ne m'en a pas tenu rigueur.

« Paolo, tu vois cet entraîneur là-bas au fond sur ta droite, un peu chauve, avec une barbe naissante... Eh bien l'an dernier j'ai failli sortir avec lui... Mais ça ne s'est pas fait. Il est marié, en instance de divorce. Une histoire compliquée, pas souhaitable pour mon moral. » J'ai dû paraître gauche et terriblement gêné. Dans un éclat de rire à peine contenu, Chiara a agrippé mon bras pour me tranquilliser. « ... Rien de tragique, Paolo. On apprend ainsi, mais sans dramatiser. L'important de ma vie est ailleurs, tu le sais. Ma passion emporte tout. Nulle envie de me marier. Mes parents, eux, le comprennent fort bien... » En observant le fameux prétendant, j'ai constaté une différence d'âge manifeste. J'ai senti Chiara attentive à mes réactions, « ... Je sais à quoi tu penses Paolo, mais les gars de mon âge manquent trop de réflexion. Alors, cool[44] ! Tout va pour le mieux et je suis très heureuse ainsi. »

Ce qui me surprend, c'est la facilité avec laquelle Chiara parvient à hiérarchiser ses engagements, ses défis comme ses envies ; et même sa façon de relativiser les faits marquants de son jeune parcours. A-t-elle été préparée à cela, en effectuant un travail sur elle-même au gré des affinités ou des revers ? Son insouciance apparente autant que son engouement confortent ma confiance. Je la trouve habile. Libre. Une vraie battante selon son coach. Un corollaire naturel à l'obstination d'une préparation

---

44. Calme, tranquille, confiant, *en anglais*

physique pénible qu'elle dévoile rarement. Son entraîneur l'a longuement évoqué à Rome pendant les épreuves. À table, j'ai observé sa façon de choisir ses mets. Tout est mesuré voire écarté. Les nutritionnistes du club ont dû veiller au grain bien avant son statut national. Je me suis bien gardé de le mentionner, à une exception près, « Tu t'autorises un verre de Chianti, à ce que je vois ! » J'ai failli regretter mon allusion, mais sa réponse m'a vite rassuré, « C'est excellent pour mon tonus de temps à autre. J'ai l'accord du médecin de la fédé. Mais il y a une autre vraie raison. Il s'agit du vin du *Castello*. Ton vin, Paolo ! » Nous avons aussitôt trinqué, non sans l'avoir chaudement remerciée. Maître Criscolli s'est longtemps entretenu avec le président de la fédération sur sa gauche. J'ai réussi à surprendre quelques bribes de leurs échanges. Il s'est agi de l'envoi des produits bio du domaine à l'occasion des manifestations de la fédération, lors de l'accueil des délégations étrangères, ainsi que de contrats publicitaires de commandite ; et en se penchant de mon côté, « Nous pourrions compter sur le soutien de Paolo dans bien des situations, n'est-ce pas ? » J'ai pris conscience qu'il ne me viendrait pas à l'idée de le contredire, en aucune façon. Cet homme d'aspect souffreteux, rivé à son fauteuil roulant électrifié, œuvre sans relâche au succès d'une exploitation agricole considérable devenue pilote, depuis la transformation de ses cultures en 'tout bio'. J'ai eu l'occasion de l'assister dans ses démarches, d'apprécier sa réflexion, ses projets et le zèle de ses assistants. La complexité, la rigueur de sa gestion forcent le respect. À la question du président de la fédération, de savoir ce qui m'avait le plus séduit en découvrant le *Castello* de mes aïeuls, ma réponse a fusé spontanément, « L'entrain permanent de ceux qui œuvrent à sa réussite. » Maître Criscolli a posé sa main sur mon bras, comme souvent, en signe d'entente. Il s'est trouvé que Chiara a entendu ma réponse. Sa main aussi s'est posée sur mon autre bras. Une forme d'atavisme local possiblement, mais la manifestation d'un attachement qui a fini par m'émouvoir. « Tu sais Paolo, moi aussi j'ignorais tout de tes fonctions. Lisa et ceux du *Castello* m'en ont beaucoup parlé. J'ai été impressionnée par tes savoirs. En dehors de mon sport, j'aimerais découvrir le monde, connaître les usages des pays où je devrai me rendre. J'ignore tout des choses de la politique et si peu de notre grande histoire, mais je sens bien que tout est lié. En étant de plus en plus talonnée par les média comme tu as vu, à propos de tout et souvent de n'importe quoi, j'aurais besoin d'être guidée. Tu pourrais devenir mon conseiller, mon confident peut-être ; et plus tard, pourquoi pas mon agent. En tout cas, un maître précieux. »

Une fois encore je n'ai pas su trouver les mots. Chiara a enserré mon bras une dernière fois avant de répondre à de nouvelles sollicitations. Quant à moi, je ne me reconnais aucun talent inné. Toutes mes lectures, mes travaux universitaires, mes voyages et certaines rencontres dans le cadre de mes fonctions, ont profusément éclairé ma réflexion ; mais sans la tendre complicité et l'érudition des miens, je n'aurais jamais eu accès à l'intensité de ces bonheurs. Hier, dans le bus, Chiara l'avait justement relevé, en retenant à leur propos « qu'ils me portent toujours autant. » Comme l'aurait fait ma chère maman, je pourrais effectivement lui parler de la femme qu'elle deviendra, en remontant jusqu'à Ève s'il le fallait ! Celle qui depuis l'origine a forgé notre conscience du bien et du mal. Celle qui a permis à l'homme d'accéder au libre arbitre. À une époque où d'aucuns se tournent vers les religions ou les mythes, les femmes me paraissent toujours aussi curieuses ; elles osent poser des questions, en revendiquant comme Ève le droit aux savoirs. Je pourrais tout aussi bien évoquer le drame permanent des femmes martyrisées, dans un monde à devoir défier sans tabou ; parler des jeunes sans emploi ; des sans-abri, de l'incompétence de nos politiques et de leur manque de courage pour réformer ; de la dernière propension en vogue pour dévaloriser tous ceux qui ont longuement étudié, auxquels on préfère les scandales de ceux qui crient le plus haut ; ou encore dénoncer la médiocrité latente qui domine sur les réseaux sociaux. Oui, de tout cela je pourrais l'entretenir pour mieux la prémunir ou juste l'aviser. Mais guidée par un instinct résolu, Chiara trouvera son chemin ; et elle finira par s'imposer en évitant les dispersions. Elle n'aura besoin d'aucun serment, d'aucun paradis fut-il apocryphe. Alors, pourquoi lui en révéler ? Un geste prétentieux voire réducteur. Un jour, elle s'extasiera en lisant Saint Augustin et ses textes sublimes toujours actuels sur l'amour ; en découvrant une église romane ; ou en contemplant un recueil d'incunables, le Guernica de Picasso ; ou dès les premières notes du Miserere d'Allegri[45]. Elle éprouvera une nostalgie salutaire en revisitant l'histoire de nos combats les plus vains, de nos élites décapitées, de toutes nos gloires passées ; et elle finira par concéder, avec un brin de nostalgie passagère qu'hier était mieux que son présent, mais sûrement moins engageant qu'un avenir auquel elle croit depuis l'enfance. Peu de jeunes esprits consentent à la peine pour tendre vers l'excellence. Je l'ai vue souffrir au-delà de tous nos possibles ! Cette détermination, tous ceux qui aujourd'hui la pressent de questions l'ont éprouvée aussi. J'ai réalisé qu'ils veulent l'approcher à tout prix avec l'espoir de proroger leur émerveillement. Alors oui, j'ai décidé de l'accompagner ; mais je ne l'en ai pas informée. Comment

---

45. Compositeur religieux italien (1582-1652)

le pourrais-je ? J'ai la conviction, 'la-petite-certitude-forte' pour paraphraser mon pauvre petit Giambà, que Chiara n'attend pas de déclarations grandiloquentes. Sa confiance, ses expressions, dont celles en aparté, ses attentes essentielles ont été clairement exprimées.

En débarquant à Orly aux premiers jours de juillet, j'ai repéré le chemisier blanc très vaporeux d'Adeline, dans le hall d'attente pour l'accueil des passagers du vol de Florence. En me voyant, elle m'a gratifié des sourires les plus doux. Son affection me touche autrement depuis notre échappée commune en Toscane. Elle connaît mes projets immédiats dans leurs grandes lignes mais elle ignore encore mes décisions récentes en faveur de Chiara qu'elle ne connaît pas. Adeline va sûrement m'encourager à la soutenir, en sachant qu'elle sera la première à s'en réjouir. Pour ma santé mentale, mais pas uniquement. Elle a souvent répété en les imitant, les consignes de mon entêté de psy « tout ce qui peut le sortir de là doit être considéré. Tenté ! » J'ignore ses réactions à la lecture différée des dernières résolutions confiées à ce journal. Il va vouloir m'entendre d'abord. Certaines de mes pratiques imaginées en matière de promesse lui ont souvent donné raison. Si Adeline l'a bien admis, elle a toujours pris mon parti. Elle ne veut plus me retrouver recroquevillé dans un coin du salon de l'hôpital, muet, les yeux dans un ailleurs indéfini, aux côtés de patients "déraisonnés" comme elle disait, que je ne voyais pas. Mon psy a prétendu de c'était l'autre qui s'exprimait par l'écrit et que seul comptait à ses yeux celui qui lui faisait face. Je sais néanmoins que cette lecture l'intéressera, en y trouvant des correspondances, autant d'évasions mirifiques que d'épreuves vaines, des horizons souvent inaccessibles, mais avant tout « ... quelques soupapes subtiles et saines pour dégager ma route. » Après le récit de mes faux départs en Toscane et celui de mon autre envol transalpin au plus près de mes racines, Adeline a réaffirmé que mes écrits pourraient intéresser un éditeur de ses amis et que le jour venu, elle aimerait les lui présenter. Je n'ai encore rien décidé. C'est avant tout mon histoire et celle de mes héros disparus. J'ai toujours avancé que cela ne se pouvait partager.

Et si après avoir refermé ce journal, il me prenait l'envie de voir au-delà de cet univers prodigue et d'en rendre compte, mais bien sûr, toujours auprès des miens ? En somme, une nouvelle proclamation. Je me suis surpris à échafauder un nouvel après. Une sorte de première depuis ma sortie de Sainte Anne. Adeline aussi l'a observé en écoutant le récit de ma sortie sportive auprès de Chiara. Elle ne l'a pas relevé tout de suite. Mais j'ai senti un changement d'expression en observant ses rides frontales. Comme si, n'étant sûre de rien, elle attendait une confirmation ; une garantie ou l'assurance qu'il y aurait un après conséquent pour tout inverser. Tout recommencer. Oui, pour réécrire une autre vie ! Après avoir détaillé l'exploit extraordinaire de la plus proche amie de Lisa, Adeline a voulu tout connaître de cette athlète d'exception. Je crois avoir été intarissable à son sujet ; et son ultime requête pour une coopération rapprochée l'a beaucoup troublée ; elle s'est aussitôt saisie de ma main, « Tu peux l'aider, Paolo, mais elle peut t'inspirer aussi. Tu vas sûrement vagabonder, mais je suis certaine que tu y as songé ; et si les affaires du *Castello* te passionnent toujours autant, alors oui, ta vie pourrait connaître une phase des plus actives, en jonglant de surcroît avec des conférences majeures que tu ne pourras pas refuser. Un nouveau stimulant, Paolo ! Pour toi et pour ceux que tu souhaites à tes côtés. »

Je m'attendais au soutien d'Adeline avec la quasi-certitude qu'elle aviserait mon psy, en prévision d'une proche visite. De mon côté, j'avais pressenti le chambardement de mon rituel parisien de la rue Bixio, avec ses puissantes attaches, peu après la sollicitation inouïe de Chiara. Un déclencheur puissant, avec une assistance au long cours primordiale, mais aussi troublante que la candeur d'une page blanche.

Le jour de l'arrivée de la délégation italienne d'athlétisme à Paris en vue des championnats européens, je me suis rendu à l'aéroport pour l'accueil de son président et des entraîneurs. Celui de Chiara est venu m'embrasser dès qu'il m'a aperçu. L'encadrement a tout prévu, à commencer par un bus rutilant, déjà en attente pour le transfert du groupe à son hôtel. Tous savaient que je venais pour récupérer Chiara et Lisa. Une entorse exceptionnelle au règlement en faveur de Chiara, mais une dispense d'autant mieux admise que je devrai intervenir publiquement pour faciliter les échanges du groupe, notamment avec la presse spécialisée. Lorsqu'elles m'ont aperçu en compagnie des responsables de la fédération et de quelques homologues français, les deux inséparables se sont précipitées pour m'embrasser. Des flashes ont aussitôt crépité de toutes parts et une forêt de micros s'est agrégée autour de Chiara. Sa réaction a amusé toute la délégation. Elle s'est postée derrière moi et m'a demandé d'improviser des réponses aussi communes que futiles pour décourager les assaillants. Puis, prétextant la fatigue du voyage, la délégation a décampé en direction du bus. Une fois à l'abri, nous avons tous éclaté de rire. Par sympathie, Lisa a adopté la tenue du club sportif de Prato et surtout par amitié pour sa championne de Chiara. Sa cadette Alessia, souffrante, n'a pas fait le voyage. C'est ce que Lisa m'a dit en confidence en évoquant de possibles motifs liés aux piètres résultats scolaires de fin d'année. Le père de Chiara, toujours aussi discret et courtois à mon égard, doit encadrer les supporters du club toscan. Il a été chargé de la gestion et de la remise des dossards aux athlètes. Le président m'a remis le planning des compétitions, mentionnant chacune de mes interventions d'interprète ès qualités. Dans le bus, Chiara a retrouvé sa place entre Lisa et moi. « Je suis heureuse d'être là, Paolo. Il me tarde d'en découdre avec mes adversaires dont certaines sont devenues mes amies. On échange souvent par SMS. Mais j'ai hâte aussi d'aller chez toi avec Lisa ; une occasion extraordinaire pour nous deux. »

En arrivant devant la porte de mon appartement, nous avons croisé ma fidèle Maria chargée de l'entretien des lieux. Elle m'a confirmé que tout était en ordre, selon mes instructions et qu'Adeline m'appellerait depuis la Chancellerie où elle assistera ce soir à un souper en l'honneur d'une délégation de juristes étrangers. Pour nous, pas question de sortie en soirée, demain et les trois jours suivants étant consacrés à la préparation des épreuves. Pendant la visite des lieux, ni Chiara ni Lisa n'ont commenté leurs observations. Sur un ton discret, j'ai surpris de temps à autre quelques 'wouaaa !'ou encore un 'c'est super beau !'. Après avoir pris possession de leur chambre et une fois installée dans le vaste canapé du salon, Lisa la première m'a souri et presque sans voix, « C'est vraiment magnifique, Paolo ! Si j'ai bien compris, il y a une salle de bains pour chaque chambre ? » Je me suis souvenu des équipements sommaires dans la maisonnette du domaine, à disposition de sa famille. J'ai tenté de relativiser en admettant que cela permettait de respecter l'intimité de chacun. Chiara a appuyé mes dires, en arguant du même degré de confort dans certains hôtels et parfois chez des particuliers souhaitant un niveau d'hygiène élevé. J'ai fini par reconnaître plus simplement que ma famille avait pu se le permettre. Un appel téléphonique d'Adeline a mis fin à nos échanges. J'ai attendu qu'elles rejoignent leur chambre pour m'entretenir avec ma douce compagne. Il a été question d'un rendez-vous sans délai avec mon psy, à la suite d'une récente missive de mon notaire transalpin. Dès demain matin, pendant l'entraînement des athlètes italiens, j'irai rejoindre mon thérapeute en compagnie d'Adeline. Le taxi attitré de la maison sera à disposition de mes invitées jusqu'à la fin de la journée. De plus, elles disposent des coordonnées téléphoniques de chacun pour décider de leurs mouvements entre le stade et mon appartement.

Le lendemain, en arrivant à Sainte Anne, Adeline m'a escorté jusqu'au cabinet de consultation avant de rejoindre la salle d'attente. Mon psy m'a reçu tout de suite. Après un accueil chaleureux, il m'a aussitôt délesté de mon volumineux journal, en ajoutant « Comme toujours, après la consultation, vous déciderez de me le laisser ou de l'emporter avec vous. » Les séances débutent toujours par la remise des courriers adressés à mon psy par maître Criscolli. Mais cette fois, selon ses instructions, j'aurai droit à une lecture de sa dernière lettre, à voix haute. Avant de commencer, mon psy m'a fait observer le volume de mon journal en le soupesant ostensiblement. « Vous avez beaucoup écrit Paolo ; et je l'espère beaucoup exploré ; mais aussi quelque peu décidé peut-être ? » Sur la réserve, j'ai répondu que je m'en suis tenu aux projections habituelles, parfaitement lucides et appliquées, en honorant au mieux les informations provenant de mon château en Toscane. Dans son dernier écrit, mon notaire a brièvement donné une suite aux sujets évoqués la fois précédente ; les résultats considérables des cultures 'bio' ; la situation de quelques employés, dont Antonio, ce régisseur modèle, rend compte régulièrement ; le cas de la jeune veuve Annamaria, avec ses problèmes de surpoids à la suite du récent drame familial ; les soutiens confirmés en sa faveur de son tout dévoué contremaître ; le comportement de Lisa, qui s'éveille surtout à l'extérieur du *Castello*, au contact de sa copine Alessia et de sa sœur aînée Chiara devenue son amie ; une athlète brillante, championne d'Italie, dont il confirme la sélection pour les championnats d'Europe à Paris. Maître Criscolli insiste pour que je me rende au stade Charléty afin de la rencontrer ainsi que sa délégation. Ce contact pourrait me rapprocher de la Toscane en parlant avec ses nombreux représentants dont la plupart connaissent le célèbre *Castello* et son histoire. Au fond, peu lui importe qu'ils soient venus pour soutenir la fameuse *Squadra Azzurra*[46] d'athlétisme. J'ai bien compris l'intention voire leur subterfuge commun. Ils tiennent tous à ce que je m'engage d'une façon ou d'une autre. Mais je veux démontrer à mon psy qu'en restant à Paris, je peux m'investir tout autant, en aidant de mon mieux, sans affaiblir ni dénaturer ma relation si heureuse avec les miens ; et notamment avec mon petit Giambà. Je lui lis mon journal très souvent, sans l'avoir jamais caché. Il est si près de moi ! J'ai même supposé un temps que mon "très-aimable-tortionnaire" de psy n'admettait plus cette relation. Après un long silence, je me suis levé, j'ai repris mon journal pour l'installer grand ouvert sur son bureau. « Voilà ! Une fois encore, vous verrez bien comment je parviens à partager les périodes les plus intenses de ma vie avec tous ceux de mon *Castello*. » À ma grande surprise, il m'a pris au mot ; mais à une condition,

---

46. Équipe Bleue, l'équipe nationale italienne

que j'aille assister aux compétitions des athlètes toscans, dont celles de la célèbre Chiara, encensée par la critique spécialisée et les média. Lorsque nous avons rejoint Adeline en salle d'attente, ma promesse lui a été précisée ; et avant de nous séparer il a ajouté, « Il s'agit d'un nouvel engagement, Paolo. Un vrai ! » Je crains qu'à la lecture de mon journal il ne tombe d'encore plus haut.

Nous nous sommes rendus à Charléty, non pour aller à Canossa[47] ou pour je ne sais quel acte de contrition, mais juste pour honorer cette ultime promesse. Nous avons donc rejoint les supporters de la Squadra Azzurra, le président de la fédération et celui du club sportif de Prato. Lorsque je me suis présenté, j'ai eu droit à des courbettes déférentes à n'en plus finir. Adeline n'a pas lâché mon bras, en m'invitant, par pulsions répétées, à plus de civilité. Très vite, nous nous sommes concentrés sur les épreuves. La fameuse Chiara a bousculé la hiérarchie du demi-fond européen sans coup férir, comme je l'avais si bien projeté. Avant la fin des épreuves, prétextant des obligations à caractère thérapeutique, nous nous sommes discrètement éclipsés.

Demain j'irai récupérer mon journal pour y insérer ce dernier compte-rendu. Je souhaite y développer un nouveau volet de mes méditations toscanes, après avoir observé l'entourage des responsables rencontrés, mais avant tout pour m'investir auprès de cette Chiara ; une athlète handicapée qui court depuis l'enfance avec une prothèse métallique à la main gauche, ce que j'ignorais, à la suite d'une chute de cheval selon son nouvel entraîneur.

---

47. Petite commune italienne de l'Émilie-Romagne. Au 11ᵉ siècle, l'Empereur du Saint-Empire romain germanique s'y agenouilla devant le Pape, pour faire lever son excommunication.

J'ai immédiatement pensé à mon thérapeute. Une nouvelle fois, il va devoir tout réexaminer à la lecture de mes pérégrinations rêvées. Puis tout entendre, comme à chaque rencontre.

Seule mon Adeline ressent ce que je peux réaliser, sans jamais sacrifier à mes affections.

« Adeline, je t'aime pour toutes ces raisons.
Avec toi, je supporte le vide
Et cette absence qui au réveil, chaque jour m'étreint,
Avec ces vies rêvées qui aboutissent parfois, alors que je suis privé de tous les miens. »

FIN

Table des Matières

Vasca - UPblisher
11 bis, rue de Moscou
75008 Paris - France

Imprimé par CreateSpace en U.E.
En vente sur Amazon
Version numérique sur UPblisher.com
Vasca - UPblisher
11 bis, rue de Moscou 75008 Paris